AF493838

DISCOURS
SUR LES
AVANTAGES
DES SCIENCES ET DES ARTS,

Prononcé dans l'Assemblée publique de l'Académie des Sciences & Belles-Lettres de Lyon, le 22 Juin 1751.

AVEC

LA RÉPONSE
DE JEAN J. ROUSSEAU, CITOYEN DE GENEVE.

(par M. Borde)

A GENEVE,
Chez BARILLOT & fils.

M. DCC. LII.

DISCOURS SUR LES AVANTAGES DES SCIENCES ET DES ARTS.

Prononcé dans l'Assemblée publique de l'Académie des Sciences & Belles-Lettres de Lyon, le 22 Juin 1751.

ON est désabusé depuis long-tems de la chimere de l'âge d'or : partout la Barbarie a précédé l'établissement des Sociétés ; c'est une vérité prouvée par les annales de tous les Peuples. Partout les besoins & les crimes forcerent les hommes à ſe réunir, à s'impoſer des loix, à s'enfermer dans des remparts. Les premiers Dieux & les premiers Rois furent des bienfaiteurs ou des tyrans; la reconnoiſſance & la crainte éleverent les Trônes & les Autels. La ſuperſtition & le deſpotiſme vinrent alors couvrir la face de la terre: de nouveaux malheurs, de nouveaux crimes ſuccéderent, les révolutions ſe multiplierent.

A travers ce vaſte ſpectacle des paſſions & des miſeres des hommes, nous appercevons à peine quelques contrées plus ſages & plus heureuſes. Tandis que la plus grande partie du monde étoit inconnue, que l'Europe étoit ſauvage, & l'Aſie eſclave, la Gréce penſa, & s'éleva par l'eſprit à tout ce qui peut rendre un peuple recommandable: Des Philoſophes formerent ſes mœurs & lui donnerent des loix.

Si l'on refuſe d'ajoûter foi aux traditions qui nous diſent que les Orphée & les Amphion attirerent les hommes du fond des forêts par la douceur de leurs chants, on eſt forcé, par l'hiſtoire, de convenir que cette heureuſe révolution eſt due aux Arts utiles & aux Sciences. Quels hommes étoient-ce que ces premiers Légiſlateurs de la Gréce? Peut-on nier qu'ils ne fuſſent les plus vertueux & les plus ſçavans de leur ſiécle? Ils avoient acquis tout ce que l'étude & la réflexion peuvent donner de lumiere à l'eſprit, & ils y avoient joint les ſecours de l'expérience par les voyages qu'ils avoient entrepris en Créte, en Egypte, chez toutes les Nations où ils avoient crû trouver à s'inſtruire.

Tandis qu'ils établissoient leurs divers systêmes de politique, par qui les passions particulieres devenoient le plus sûr instrument au bien public, & qui faisoient germer la vertu du sein même de l'amour propre ; d'autres Philosophes écrivoient sur la morale, remontoient aux premiers principes des choses, observoient la nature & ses effets. La gloire de l'esprit & celle des armes avançoient d'un pas égal ; les sages & les héros naissoient en foule ; à côté des Miltiade & des Thémistocle, on trouvoit les Aristide & les Socrate. La superbe Asie vit briser ses forces innombrables, contre une poignée d'hommes, que la Philosophie conduisoit à la gloire. Tel est l'infaillible effet des connoissances de l'esprit : les mœurs & les loix sont la seule source du véritable héroïsme. En un mot la

Gréce dut tout aux ſciences, & le reſte du monde dut tout à la Gréce.

Oppoſera-t'on à ce brillant tableau les mœurs groſſieres des Perſes & des Scithes ? J'admirerai, ſi l'on veut, des Peuples qui paſſent leur vie à la guerre ou dans les bois, qui couchent ſur la terre, & vivent de légumes. Mais eſt-ce parmi eux qu'on ira chercher le bonheur ? Quel ſpectacle nous préſenteroit le genre humain, composé uniquement de Laboureurs, de Soldats, de Chaſſeurs & de Bergers? Faut-il donc, pour être digne du nom d'homme, vivre comme les lions & les ours ? Erigera-t'on en vertus, les facultés de l'inſtinct pour ſe nourrir, ſe perpétuer & ſe défendre ? Je ne vois là que des vertus *animales*, peu conformes à la dignité de notre être ; le corps eſt exercé, mais l'ame eſclave ne fait que ramper & languir.

Les Perses n'eurent pas plutôt fait la conquête de l'Asie, qu'ils perdirent leurs mœurs; les Scithes dégénérerent aussi, quoique plus tard: des vertus si sauvages sont trop contraires à l'humanité, pour être durables; se priver de tout & ne desirer rien, est un état trop violent; une ignorance si grossiere ne sçauroit être qu'un état de passage. Il n'y a que la stupidité & la misere qui puisse y assujettir les hommes.

Sparte, ce phénoméne politique, cette république de soldats vertueux, est le seul peuple qui ait eu la gloire d'être pauvre par institution & par choix. Ses loix si admirées avoient pourtant de grands défauts. La dureté des maîtres & des peres, l'exposition des enfans, le vol autorisé, la pudeur violée dans l'éducation & les mariages, une oisiveté éternelle, les exercices du corps recommandés uniquement, ceux de l'eſprit proſcrits & mépriſés, l'auſtérité & la férocité des mœurs qui en étoient la ſuite, & qui aliénerent bientôt tous les alliés de la république, ſont déja d'aſſez juſtes reproches : peut-être ne ſe borneroient-ils pas là, ſi les particularités de ſon hiſtoire intérieure nous étoient mieux connues. Elle ſe fit une vertu artificielle en ſe privant de l'uſage de l'or; mais que devenoient les vertus de ſes Citoyens, ſitôt qu'ils s'éloignoient de leur patrie ? Lyſandre & Pauſanias n'en furent que plus aiſés à corrompre. Cette Nation qui ne reſpiroit que la guerre, s'eſt elle fait une gloire plus grande dans les armes que ſa rivale, qui avoit réuni toutes les ſortes de gloire ? Athénes ne fut pas moins guerriere que Sparte; elle fut de plus ſçavante, ingénieuſe & magnifique ; elle enfanta tous les arts & tous les talens ; & dans le sein même de la corruption qu'on lui reproche, elle donna le jour au plus sage des Grecs. Après avoir été plusieurs fois sur le point de vaincre, elle fut vaincue, il est vrai ; & il est surprenant qu'elle ne l'eût pas été plutôt, puisque l'Attique étoit un pays tout ouvert, & qui ne pouvoit se défendre que par une très-grande supériorité de succès. La gloire des Lacédémoniens fut peu solide ; la prospérité corrompit leurs institutions, trop bisarres pour pouvoir se conserver longtems ; la fiere Sparte perdit ses mœurs comme la sçavante Athénes. Elle ne fit plus rien depuis qui fût digne de sa réputation : & tandis que les Athéniens & plusieurs autres Villes luttoient contre la Macédoine pour la liberté de la Gréce, Sparte seule languiſſoit dans le repos, & voyoit préparer de loin ſa deſtruction, ſans ſonger à la prévenir.

Mais enfin je ſuppoſe que tous les états dont la Gréce étoit composée, euſſent ſuivi les mêmes loix que Sparte, que nous reſteroit-il de cette contrée ſi célébre? à peine ſon nom ſeroit parvenu juſqu'à nous. Elle auroit dédaigné de former des hiſtoriens, pour tranſmettre ſa gloire à la poſtérité; le ſpectacle de ſes farouches vertus eût été perdu pour nous, il nous ſeroit indifférent par conſéquent qu'elles euſſent exiſté ou non. Ces nombreux ſyſtêmes de Philoſophie qui ont épuiſé toutes les combinaiſons poſſibles de nos idées, & qui, s'ils n'ont pas étendu beaucoup les limites de notre eſprit, nous ont appris du moins où elles étoient fixées; ces chefs-d'œuvres d'éloquence & de poësie qui nous ont enseigné toutes les routes du cœur ; les Arts utiles ou agréables, qui conservent ou embellissent la vie ; enfin l'inestimable tradition des pensées & des actions de tous les grands hommes, qui ont fait la gloire ou le bonheur de leurs pareils : toutes ces précieuses richesses de l'esprit eussent été perdues pour jamais. Les siécles se seroient accumulés, les générations des hommes se seroient succédé comme celles des animaux, sans aucun fruit pour leur postérité, & n'auroient laissé après elles qu'un souvenir confus de leur existence ; le monde auroit vieilli, & les hommes seroient demeurés dans une enfance éternelle.

Que prétendent enfin les ennemis de la science ? Quoi ! le don de penser seroit un présent funeste de la divinité ? les connoiſſances & les mœurs ſeroient incompatibles ? la vertu ſeroit un vain phantôme produit par un inſtinct aveugle ? & le flambeau de la raiſon la feroit évanoüir, en voulant l'éclaircir ? Quelle étrange idée voudroit-on nous donner & de la raiſon & de la vertu ?

Comment prouve-t'on de ſi biſarres paradoxes ? On objecte que les Sciences & les Arts ont porté un coup mortel aux mœurs anciennes, aux inſtitutions primitives des états ; on cite pour exemple Athénes & Rome. Euripide & Demoſthene ont vû Athénes livrée aux Spartiates & aux Macédoniens ; Horace, Virgile & Ciceron ont été contemporains de la ruine de la liberté Romaine ; les uns & les autres ont été témoins des malheurs de leur Pays ; ils en ont donc été la cauſe. Conſéquence peu fondée, puisqu'on en pourroit dire autant de Socrate & de Caton.

En accordant que l'altération des Loix & la corruption des moeurs ayent beaucoup influé sur ces grands événemens, me forcera-t'on de convenir que les Sciences & les Arts y ayent contribué? La corruption suit de près la prospérité, les sciences font pour l'ordinaire leurs plus rapides progrès dans le même tems : des choses si diverses peuvent naître ensemble & se rencontrer, mais c'est sans aucune relation entr'elles de cause & d'effet.

Athénes & Rome étoient petites & pauvres dans leurs commencemens, tous leurs Cytoiens étoient Soldats, toutes leurs vertus étoient nécessaires, les occasions même de corrompre leurs moeurs n'existoient pas. Peu après elles acquirent des richesses &

de la puiſſance. Une partie des Citoyens ne fut plus employée à la guerre ; on apprit à jouir & à penſer. Dans le ſein de leur opulence ou de leur loiſir, les uns perfectionnerent le luxe, qui fait la plus ordinaire occupation des gens heureux ; d'autres ayant reçû de la nature de plus favorables diſpoſitions, étendirent les limites de l'eſprit, & créerent une gloire nouvelle.

Ainſi tandis que les uns, par le ſpectacle des richeſſes & des voluptés, prophanoient les Loix & les mœurs ; les autres allumoient le flambeau de la Philoſophie & des Arts, inſtruiſoient ou célébroient les vertus, & donnoient naiſſance à ces noms ſi chers aux gens qui ſçavent penſer, l'atticiſme & l'urbanité. Des occupations ſi oppoſées peuvent-elles donc mériter les mêmes qualifications ?

pouvoient-elles produire les mêmes effets?

Je ne nierai pas que la corruption générale ne se soit répandue quelquefois jusques sur les lettres, & qu'elle n'ait produit des excès dangereux; mais doit-on confondre la noble destination des sciences avec l'abus criminel qu'on en a pû faire? Mettra-t'on dans la balance quelques épigrammes de Catulle ou de Martial, contre les nombreux volumes philosophiques, politiques & moraux de Ciceron, contre le sage Poëme de Virgile?

Dailleurs les ouvrages licentieux sont ordinairement le fruit de l'imagination, & non celui de la science & du travail. Les hommes dans tous les tems & dans tous les Pays ont eû des passions; ils les ont chantées. La France avoit des Romanciers

& des Troubadours, long-tems avant qu'elle eût des Sçavans & des Philosophes. En supposant donc que les Sciences & les Arts eussent été étouffés dans leur berceau, toutes les idées inspirées par les passions n'en auroient pas moins été réalisées en Prose & en Vers; avec cette différence, que nous aurions eû de moins tout ce que les Philosophes, les Poëtes & les Historiens ont fait pour nous plaire ou pour nous instruire.

Athénes fut enfin forcée de céder à la fortune de la Macédoine; mais elle ne céda qu'avec l'univers. C'étoit un torrent rapide qui entraînoit tout: & c'est perdre le tems que de chercher des causes particulieres, où l'on voit une force supérieure si marquée.

Rome, maîtresse du monde, ne trouvoit plus d'ennemis; il s'en forma dans son sein. Sa grandeur fit sa perte. Les Loix d'une petite Ville n'étoient pas faites pour gouverner le monde entier : elles avoient pû suffire contre les factions des Manlius, des Cassius & des Gracques : elles succomberent sous les Armées de Silla, de César & d'Octave ; Rome perdit sa liberté, mais elle conserva sa puissance. Opprimée par les Soldats qu'elle payoit, elle étoit encore la terreur des Nations. Ses tyrans étoient tour à tour déclarés peres de la patrie & massacrés. Un monstre indigne du nom d'homme se faisoit proclamer Empereur ; & l'Auguste Corps du Sénat n'avoit plus d'autres fonctions que celle de le mettre au rang des Dieux. Etranges alternatives d'esclavage & de tyrannie, mais telles qu'on les a vûes dans tous les états où la milice disposoit du trône. Enfin de nombreuses irruptions des Barbares vinrent

vinrent renverſer & fouler aux pieds ce vieux coloſſe ébranlé de toutes parts ; & de ſes débris ſe formerent tous les empires qui ont ſubſiſté depuis.

Ces ſanglantes révolutions ont-elles donc quelque choſe de commun avec les progrès des lettres ? partout je vois des cauſes purement politiques. Si Rome eut encore quelques beaux jours, ce fut ſous des Empereurs Philoſophes. Seneque a-t'il donc été le corrupteur de Néron ? eſt-ce l'étude de la Philoſophie & des Arts qui fit autant de monſtres, des Caligula, des Domitien, des Heliogabale ? Les lettres qui s'étoient élevées avec la gloire de Rome, ne tomberent-elles pas ſous ces régnes cruels ? Elles s'affoiblirent ainſi par dégrés avec le vaſte empire, auquel la deſtinée du monde ſembloit être attachée. Leurs ruines furent communes, & l'ignorance envahit l'univers une seconde fois, avec la Barbarie & la servitude, ses compagnes fidéles.

Disons donc que les Muses aiment la liberté, la gloire & le bonheur. Partout je les vois prodiguer leurs bienfaits sur les Nations, au moment où elles sont le plus florissantes. Elles n'ont plus redouté les glaces de la Russie, sitôt qu'elles ont été attirées dans ce puissant Empire par le Héros singulier, qui en a été pour ainsi dire le créateur : le Législateur de Berlin, le conquérant de la Silesie, les fixe aujourd'hui dans le Nord de l'Allemagne, qu'elles font retentir de leurs chants.

S'il est arrivé quelquefois que la gloire des Empires n'a pas survêcu long-tems à celle des lettres, c'est qu'elle étoit à ſon comble, lorſque les lettres ont été cultivées, & que le ſort des choſes humaines eſt de ne pas durer long-tems dans le même état. Mais bien loin que les ſciences y contribuent, elles périſſent infailliblement frappées des mêmes coups, en ſorte que l'on peut obſerver que les progrès des lettres & leur déclin ſont ordinairement dans une juſte proportion avec la fortune & l'abbaiſſement des Empires.

Cette vérité ſe confirme encore par l'expérience des derniers tems. L'eſprit humain après une éclipſe de pluſieurs ſiécles, ſembla s'éveiller d'un profond ſommeil. On fouilla dans les cendres antiques, & le feu ſacré ſe ralluma de toutes parts. Nous devons encore aux Grecs cette ſeconde génération des ſciences. Mais dans quel tems reprirent-elles cette nouvelle vie ? ce fut lorsque l'Europe, après tant de convulsions violentes, eût enfin pris une position assurée, & une forme plus heureuse.

Ici se développe un nouvel ordre de choses. Il ne s'agit plus de ces petits Royaumes domestiques, renfermés dans l'enceinte d'une Ville; de ces Peuples condamnés à combattre pour leurs héritages & leurs maisons, tremblans sans cesse pour une patrie toujours prête à leur échapper : C'est une Monarchie vaste & puissante, combinée dans toutes ses parties par une législation profonde. Tandis que cent mille soldats combattent gayement pour la sureté de l'état, vingt millions de Citoyens heureux & tranquilles, occupés à sa prospérité intérieure, cultivent sans allarmes les immenses campagnes, font fleurir les Loix, le commerce, les Arts & les

Lettres dans l'enceinte des Villes: toutes les professions diverses, appliquées uniquement à leur objet, sont maintenues dans un juste équilibre, & dirigées au bien général par la main puissante qui les conduit & les anime. Telle est la foible image du beau régne de Louis XIV, & de celui sous lequel nous avons le bonheur de vivre: la France riche, guerriere & sçavante, est devenue le modéle & l'arbitre de l'Europe; elle sçait vaincre & chanter ses victoires: ses Philosophes mesurent la Terre, & son Roi la pacifie.

Qui osera soutenir que le courage des François ait dégénéré depuis qu'ils ont cultivé les Lettres? Dans quel siécle a-t'il éclaté plus glorieusement qu'à Montalban, Lawfelt, & dans tant d'autres occasions que je pourrois citer? Ont-ils jamais fait paroître plus de constance que dans les retraites de Prague & de Baviere ? Qu'y a-t'il enfin de supérieur dans l'antiquité au siége de Bergopsoom, & à ces braves grenadiers renouvellés tant de fois, qui voloient avec ardeur aux mêmes postes, où ils venoient de voir foudroyer ou engloutir les Héros qui les précédoient.

En vain veut-on nous persuader que le rétablissement des Sciences a gâté les mœurs. On est d'abord obligé de convenir que les vices grossiers de nos ancêtres sont presqu'entierement proscrits parmi nous.

C'est déja un grand avantage pour la cause des Lettres, que cet aveu qu'on est forcé de faire. En effet les débauches, les querelles & les combats qui en étoient les suites, les violences des Grands, la tyrannie des peres, la bisarrerie de la vieillesse, les égaremens impétueux des jeunes gens, tous ces excès ſi communs autrefois, funeſtes effets de l'ignorance & de l'oiſiveté, n'exiſtent plus depuis que nos mœurs ont été adoucies par les connoiſſances dont tous les eſprits ſont occupés ou amuſés.

On nous reproche des vices raffinés & délicats; c'eſt que partout où il y a des hommes, il y aura des vices. Mais les voiles ou la parure dont ils ſe couvrent, ſont du moins l'aveu de leur honte, & un témoignage du reſpect public pour la vertu.

S'il y a des modes de folie, de ridicule & de corruption, elles ne ſe trouvent que dans la Capitale ſeulement, & ce n'eſt même que dans un tourbillon d'hommes perdus par les richeſſes & l'oiſiveté. Les Provinces entieres & la plus grande partie de Paris, ignorent ces excès, ou ne les connoissent que de nom. Jugera-t'on toute la Nation sur les travers d'un petit nombre d'hommes? Des écrits ingénieux réclament cependant contre ces abus; la corruption ne jouit de ses prétendus succès que dans des têtes ignorantes; les Sciences & les Lettres ne cessent point de déposer contre elle; la morale la démasque, la Philosophie humilie ses petits triomphes; la Comedie, la Satyre, l'Epigrame la percent de mille traits.

Les bons Livres sont la seule défense des esprits foibles, c'est-à-dire, de trois quarts des hommes, contre la contagion de l'exemple. Il n'appartient qu'à eux de conserver fidélement le dépôt des mœurs. Nos excellens ouvrages de morale survivront éternellement à ces brochures licentieuses, qui disparoissent rapidement avec le goût de mode qui les a fait naître.

C'eſt outrager injuſtement les Sciences & les Arts, que de leur imputer ces productions honteuſes. L'eſprit ſeul, échauffé par les paſſions, ſuffit pour les enfanter. Les Sçavans, les Philoſophes, les grands Orateurs & les grands Poëtes, bien loin d'en être les auteurs, les mépriſent, ou même ignorent leur exiſtence; il y a plus, dans le nombre infini des grands Ecrivains en tout genre qui ont illuſtré le dernier Regne, à peine en trouve-t'on deux ou trois qui aïent abuſé de leurs talens. Quelle proportion entre les reproches qu'on peut leur faire, & les avantages immortels que le genre humain a retiré des Sciences cultivées? Des Ecrivains, la plupart obſcurs, ſe ſont jettés de nos jours dans de plus grands excès; heureuſement cette corruption a peu duré; elle paroît preſque entiérement éteinte ou épuisée. Mais c'étoit une suite particuliére du goût léger & frivole de notre Nation; l'Angleterre & l'Italie n'ont point de semblables reproches à faire aux Lettres.

Je pourrois me dispenser de parler du luxe, puisqu'il naît immédiatement des richesses, & non des Sciences & des Arts. Et quel rapport peut avoir avec les Lettres le luxe du faste & de la mollesse, qui est le seul que la morale puisse condamner ou restraindre?

Il est, à la verité, une sorte de luxe ingénieux & sçavant qui anime les Arts & les éleve à la perfection. C'est lui qui multiplie les productions de la Peinture, de la Sculpture & de la Musique. Les choses les plus louables en elles mêmes doivent avoir leurs bornes; & une Nation seroit justement méprisée, qui, pour augmenter le nombre des Peintres & des Muficiens, fe laifferoit manquer de Laboureurs & de Soldats. Mais lorfque les armées font complettes, & la terre cultivée, à quoi employer le loifir du refte des Citoyens? je ne vois pas pourquoi ils ne pourroient pas fe donner des Tableaux, des Statues & des Spectacles.

Vouloir rappeller les grands Etats aux petites vertus des petites Républiques, c'eft vouloir contraindre un homme fort & robufte à bégayer dans un berceau; c'étoit la folie de Caton: avec l'humeur & les préjugés héréditaires dans fa famille, il déclama toute fa vie, combatit & mourut enfin fans avoir rien fait d'utile pour fa Patrie. Les Anciens Romains labouroient d'une main & combattoient de l'autre. C'étoient de grands hommes, je le crois, quoiqu'ils ne fiffent que de petites choses : ils se consacroient tout entiers à leur Patrie, parce qu'elle étoit éternellement en danger. Dans ces premiers tems on ne sçavoit qu'exister ; la tempérance & le courage ne pouvoient être de vraies vertus, ce n'étoit que des qualités forcées : on étoit alors dans une impossibilité physique d'être voluptueux ; & qui vouloit être lâche, devoit se résoudre à être esclave. Les Etats s'accrûrent : l'inégalité des biens s'introduisit nécessairement : un Proconsul d'Asie pouvoit-il être aussi pauvre, que ces Consuls anciens demi-Bourgeois & demi-Paysans, qui ravagoient un jour les champs des Fidénates, & revenoient le lendemain cultiver les leurs? Les circonstances seules ont fait ces différences : la pauvreté ni la richesse ne font point la vertu ; elle est uniquement dans le bon ou le mauvais uſage des biens ou des maux que nous avons reçus de la Nature & de la fortune.

Après avoir juſtifié les Lettres ſur l'article du luxe, il me reſte à faire voir que la politeſſe qu'elles ont introduit dans nos mœurs, eſt un des plus utiles préſens qu'elles puſſent faire aux hommes. Suppoſons que la politeſſe n'eſt qu'un maſque trompeur qui voile tous les vices, c'eſt préſenter l'exception au lieu de la regle, & l'abus de la choſe à la place de la choſe même.

Mais que deviendront ces accuſations, ſi la politeſſe n'eſt en effet que l'expreſſion d'une ame douce & bienfaiſante? L'habitude d'une ſi louable imitation ſeroit ſeule capable de nous élever juſqu'à la vertu même; tel eſt le mépris de la coutume. Nous devenons enfin ce que nous feignons d'être. Il entre dans la politesse des mœurs, plus de Philosophie qu'on ne pense ; elle respecte le nom & la qualité d'homme ; elle seule conserve entr'eux une sorte d'égalité fictive ; foible, mais précieux reste de leur ancien droit naturel. Entre égaux, elle devient la médiatrice de leur amour propre ; elle est le sacrifice perpétuel de l'humeur & de l'esprit de singularité.

Dira-t'on que tout un peuple qui exerce habituellement ces démonstrations de douceur, de bienveillance, n'est composé que de perfides & de duppes ? croira-t'on que tous soient en même tems & trompeurs & trompés ?

Nos cœurs ne sont point assez parfaits pour se montrer sans voile : la politesse est un vernis qui adoucit les teintes tranchantes des caracteres ;

elle rapproche les hommes, & les engage à s'aimer par les reſſemblances générales qu'elle répand ſur eux : ſans elle, la ſociété n'offriroit que des diſparates & des chocs ; on ſe haïroit par les petites choſes ; & avec cette diſpoſition, il ſeroit difficile de s'aimer même pour les plus grandes qualités. On a plus ſouvent beſoin de complaiſance que de ſervices ; l'ami le plus généreux m'obligera peut-être tout au plus une fois dans ſa vie. Mais une ſociété douce & polie embellit tous les momens du jour. Enfin la politeſſe place les vertus ; elle ſeule leur enſeigne ces combinaiſons fines, qui les ſubordonnent les unes aux autres dans d'admirables proportions, ainſi que ce juſte milieu, au deçà & au delà duquel elles perdent infiniment de leur prix.

On ne ſe contente pas d'attaquer

les ſciences dans les effets qu'on leur attribue ; on les empoiſonne juſques dans leur ſource ; on nous peint la curioſité comme un penchant funeſte ; on charge ſon portrait des couleurs les plus odieuſes. J'avouerai que l'allégorie de Pandore peut avoir un bon côté dans le ſyſtême moral : mais il n'en eſt pas moins vrai que nous devons à nos connoiſſances, & par conſéquent à notre curioſité, tous les biens dont nous jouiſſons. Sans elle, réduits à la condition des brutes, notre vie ſe paſſeroit à remper ſur la petite portion de terrein deſtiné à nous nourrir & à nous engloutir un jour. L'état d'ignorance eſt un état de crainte & de beſoin ; tout eſt danger alors pour notre fragilité ; la mort gronde ſur nos têtes, elle eſt cachée dans l'herbe que nous foulons aux pieds. Lorſqu'on craint tout, & qu'on a a beſoin de tout ; quelle diſpoſition plus raiſonnable que celle de vouloir tout connoître ?

Telle eſt la noble diſtinction d'un être penſant : ſeroit-ce donc en vain que nous aurions été doués ſeuls de cette faculté divine ? C'eſt s'en rendre digne que d'en uſer.

Les premiers hommes ſe contenterent de cultiver la terre, pour en tirer le bled ; enſuite on creuſa dans ſes entrailles, on en arracha les métaux. Les mêmes progrès ſe ſont faits dans les Sciences ; on ne s'eſt pas contenté des découvertes les plus néceſſaires ; on s'eſt attaché avec ardeur à celles qui ne paroiſſoient que difficiles & glorieuſes. Quel étoit le point où l'on auroit dû s'arrêter ? Ce que nous appellons génie, n'eſt autre choſe qu'une raiſon ſublime & courageuſe ; il n'appartient qu'à lui ſeul de ſe juger.

Ces globes lumineux placés loin de nous à des distances si énormes, sont nos guides dans la navigation; & l'étude de leurs situations respectives, qu'on n'a peut-être regardé d'abord que comme l'objet de la curiosité la plus vaine, est devenue une des Sciences la plus utile. La propriété singuliere de l'aimant, qui n'étoit pour nos peres qu'une énigme frivole de la Nature, nous a conduits comme par la main à travers l'immensité des Mers.

Deux verres placés & taillés d'une certaine maniere, nous ont montré une nouvelle scene de merveilles, que nos yeux ne soupçonnoient pas.

Les expériences du tube électrisé sembloient n'être qu'un jeu; peut-être leur devra-t'on un jour la connoissance du regne universel de la Nature.

Après la découverte de ces rapports ſi imprévus, ſi majeſtueux, entre les plus petites & les plus grandes choſes, quelles connoiſſances oſerions-nous dédaigner? En ſçavons-nous aſſez pour mépriſer ce que nous ne ſçavons pas? Bien loin d'étouffer la curioſité, ne ſemble-t'il pas au contraire, que l'Etre ſuprême ait voulu la réveiller par des découvertes ſingulieres, qu'aucune analogie n'avoient annoncées?

Mais de combien d'erreurs eſt aſſiégée l'étude de la vérité? quelle audace, nous dit-on, ou plutôt qu'elle témérité de s'engager dans des routes trompeuſes, où tant d'autres ſe ſont égarés? Sur ces principes, il n'y aura plus rien que nous oſions entreprendre; la crainte éternelle des maux, nous privera de tous les biens où nous aurions pû aſpirer, puiſqu'il n'en eſt point ſans mélange. La véritable ſageſſe au contraire conſiſte ſeulement à les épurer, autant que notre condition le permet.

Tous les reproches, que l'on fait à la Philoſophie, attaquent l'eſprit humain, ou plutôt l'Auteur de la Nature, qui nous a faits tels que nous ſommes. Les Philoſophes étoient des hommes; ils ſe ſont trompés: Doit-on s'en étonner? plaignons-les, profitons de leurs fautes, & corrigeons-nous; ſongeons que c'eſt à leurs erreurs multipliées que nous devons la poſſeſſion des vérités dont nous jouiſſons. Il falloit épuiſer les combinaiſons de tous ces divers ſyſtêmes, la plupart ſi répréhenſibles & ſi outrés, pour parvenir à quelque choſe de raiſonnable. Mille routes conduiſent à l'erreur; une ſeule mene à la vérité. Faut-il être ſurpris qu'on ſe ſoit mépris ſi ſouvent ſur celle-ci, & qu'elle ait été découverte ſi tard?

L'eſprit humain étoit trop borné pour embraſſer d'abord la totalité des choſes. Chacun de ces Philoſophes ne voyoit qu'une face : ceux-là raſſembloient les motifs de douter ; ceux-ci réduiſoient tout en dogmes : chacun d'eux avoit ſon principe favori, ſon objet dominant auquel il rapportoit toutes ſes idées. Les uns faiſoient entrer la vertu dans la compoſition du bonheur, qui étoit la fin de leurs recherches ; les autres ſe propoſoient la vertu même, comme leur unique objet, & ſe flatoient d'y rencontrer le bonheur. Il y en avoit qui regardoient la ſolitude & la pauvreté, comme l'aſyle de mœurs ; d'autres uſoient des richeſſes comme d'un inſtrument de leur félicité & de celle d'autrui : quelques-uns fréquentoient les Cours &

les assemblées publiques pour rendre leur sagesse utile aux Rois & aux peuples. Un seul homme n'est pas tous; un seul esprit, un seul système n'enferme pas toute la science; c'est par la comparaison des extrêmes, que l'on saisit enfin le juste milieu; c'est par le combat des erreurs qui s'entre-détruisent, que la vérité triomphe: ces diverses parties se modifient, s'élévent & se perfectionnent mutuellement; elles se rapprochent enfin, pour former la chaîne des vérités; les nuages se dissipent, & la lumiere de l'évidence se leve.

Je ne dissimulerai cependant pas que les Sciences ont rarement atteint l'objet qu'elles s'étoient proposé. La Métaphysique vouloit connoître la nature des esprits; & non moins utile, peut-être, elle n'a fait que nous développer leurs opérations: le Physicien a entrepris l'Hiſtoire de la Nature, & n'a imaginé que des Romans; mais en pourſuivant un objet chimérique, combien n'a-t'il pas fait de découvertes admirables? La Chymie n'a pû nous donner de l'or; & ſa folie nous a valu d'autres miracles dans ſes analyſes & ſes mêlanges. Les Sciences ſont donc utiles juſques dans leurs écarts & leurs déréglemens; il n'y a que l'ignorance qui n'eſt jamais bonne à rien. Peut-être ont-elles trop élevé leurs prétentions. Les Anciens à cet égard paroiſſoient même plus ſages que nous: nous avons la manie de vouloir procéder toujours par démonſtrations; il n'y a ſi petit Profeſſeur qui n'ait ſes argumens & ſes dogmes, & par conſéquent ſes erreurs & ſes abſurdités. Ciceron & Platon traitoient la Philoſophie en dialogues: chacun des Interlocuteurs faiſoit valoir ſon opinion; on diſputoit, on cherchoit, & on ne ſe piquoit point de prononçer : Nous n'avons peut-être que trop écrit ſur l'évidence; elle eſt plus propre à être ſentie qu'à être définie : mais nous avons preſque perdu l'Art de comparer les probabilités & les vraiſemblances, & de calculer le degré de conſentement qu'on leur doit. Qu'il y a peu de choſes demontrées! & combien n'y en a-t'il pas, qui ne ſont que probables ! Ce ſeroit rendre un grand ſervice aux hommes que de donner une méthode pour l'opinion.

L'eſprit de ſyſtême qui s'eſt longtems attaché à des objets où il ne pouvoit preſque que nous égarer, devroit régler l'acquiſition, l'enchaînement & le progrès de nos idées; nous avons beſoin d'un ordre entre les diverſes Sciences, pour nous conduire des plus simples aux plus composées, & parvenir ainsi à construire une espéce d'observatoire spirituel, d'où nous puissions contempler toutes nos Connoissances; ce qui est le plus haut dégré de l'esprit.

La plûpart des Sciences ont été faites au hazard; chaque Auteur a suivi l'idée qui le dominoit, souvent sans sçavoir où elle devoit le conduire: un jour viendra où tous les livres seront extraits & refondus, conformément à un certain systême qu'on se sera formé; alors les esprits ne feront plus de pas inutiles, hors de la route & souvent en arriere. Mais quel est le génie en état d'embrasser toutes les connoissances humaines, de choisir le meilleur ordre pour les présenter à l'esprit? Sommes-nous assez avancés pour cela? Il est du moins glorieux de le tenter: la nouvelle Encyclopédie doit former une époque mémorable dans l'Hiſtoire des Lettres.

Le Temple des Sciences eſt un édifice immenſe, qui ne peut s'achever que dans la durée des ſiécles. Le travail de chaque homme eſt peu de choſe dans un ouvrage ſi vaſte; mais le travail de chaque homme y eſt néceſſaire. Le ruiſſeau qui porte ſes eaux à la Mer, doit-il s'arrêter dans ſa courſe, en conſidérant la petiteſſe de ſon tribut? Quels éloges ne doit-on pas à ces hommes généreux, qui ont percé & écrit pour la poſtérité? Ne bornons point nos idées à notre vie propre; étendons-les ſur la vie totale du genre humain; méritons d'y participer; & que l'inſtant rapide où nous aurons veçû, ſoit digne d'être marqué dans ſon Hiſtoire.

Pour bien juger de l'élévation d'un

Philoſophe, ou d'un homme de Lettres, au deſſus du commun des hommes, il ne faut que conſidérer le ſort de leurs penſées: celles de l'un, utiles à la Société générale, ſont immortelles, & conſacrées à l'admiration de tous les ſiécles; tandis que les autres voyent diſparoître toutes leurs idées avec le jour, la circonſtance, le moment qui les a vû naître; chez les trois quarts des hommes, le lendemain efface la veille, ſans qu'il en reſte la moindre trace.

Je ne parlerai point de l'Aſtrologie judiciaire, de la Cabale, & de toutes les Sciences qu'on appelloit Occultes: elles n'ont ſervi qu'à prouver que la curioſité eſt un penchant invincible; & quand les vraies Sciences n'auroient fait que nous délivrer de celles qui en uſurpoient ſi honteuſement le nom, nous leur devrions dejà beaucoup.

On nous opppose un jugement de Socrate, qui porta non sur les Sçavans, mais sur les Sophistes; non sur les Sciences, mais sur l'abus qu'on en peut faire: Socrate étoit chef d'une Secte qui enseignoit à douter; & il censuroit, avec justice, l'orgueil de ceux qui prétendoient tout sçavoir. La vraie Science est bien éloignée de cette affectation. Socrate est ici témoin contre lui-même; le plus Sçavant des Grecs ne rougissoit point de son ignorance. Les Sciences n'ont donc pas leurs sources dans nos vices; elles ne sont donc pas toutes nées de l'orgueil humain; déclamation vaine, qui ne peut faire illusion qu'à des esprits prévenus.

On demande, par exemple, ce que deviendroit l'Histoire, s'il n'y avoit ni Guerriers, ni Tyrans, ni Conspirateurs. Je réponds, qu'elle ſeroit l'Hiſtoire des vertus des hommes. Je dirai plus; ſi les hommes étoient tous vertueux, ils n'auroient plus beſoin, ni de Juges, ni de Magiſtrats, ni de Soldats. A quoi s'occuperoient-ils? Il ne leur reſteroit que les Sciences & les Arts. La contemplation des choſes naturelles, l'exercice de l'eſprit ſont donc la plus noble & la plus pure fonction de l'homme.

Dire que les Sciences ſont nées de l'oiſiveté, c'eſt abuſer viſiblement des termes. Elles naiſſent du loiſir, il eſt vrai; mais elles garantiſſent de l'oiſiveté. Le Citoyen que ſes beſoins attachent à la charrue, n'eſt pas plus occupé que le Géométre, ou l'Anatomiſte; j'avoue que ſon travail eſt de premiere néceſſité: mais ſous pretexte que le pain eſt néceſſaire, faut-il que tout le monde ſe mette à labourer la terre ? & parce qu'il est plus nécessaire que les Loix, le Laboureur sera-t'il élevé au-dessus du Magistrat ou du Ministre? Il n'y a point d'absurdités où de pareils principes ne pussent nous conduire.

Il semble, nous dit-on, qu'on ait trop de Laboureurs, & qu'on craigne de manquer de Philosophes. Je demanderai à mon tour, si l'on craint que les professions lucratives ne manquent de sujets pour les exercer. C'est bien mal connoître l'empire de la cupidité; tout nous jette dès notre enfance dans les conditions utiles; & quels préjugés n'a-t'on pas à vaincre, quel courage ne faut-il pas, pour oser n'être qu'un Descartes, un Newton, un Locke ?

Sur quel fondement peut-on reprocher aux Sciences d'être nuisibles aux qualités morales? Quoi! l'exercice du raisonnement, qui nous a été donné pour guide; les Sciences Mathématiques, qui, en renfermant tant d'utilités relatives à nos besoins présens, tiennent l'esprit si éloigné des idées inspirées par les sens & par la cupidité; l'étude de l'antiquité, qui fait partie de l'expérience, la premiere science de l'homme; les observations de la Nature, si nécessaires à la conservation de notre être, & qui nous élévent jusqu'à son Auteur : toutes ces connoissances contribueroient à détruire les mœurs ! Par quel prodige opéreroient-elles un effet si contraire aux objets qu'elles se proposent ? Et on ose traiter d'éducation insensée, celle qui occupe la jeunesse de tout ce qu'il y a jamais eu de noble & d'utile dans l'esprit des hommes ! Quoi, les Ministres d'une Religion pure & sainte, à qui la jeunesse est ordinairement confiée parmi nous, lui laisse-roient ignorer les devoirs de l'homme & du Citoyen! Suffit-il d'avancer une imputation si injuste, pour la persuader? On rétend nous faire regretter l'éducation des Perses; cette éducation fondée sur des principes barbares, qui donnoit un Gouverneur pour apprendre à ne rien craindre, un autre pour la tempérance, un autre enfin pour enseigner à ne point mentir; comme si les vertus étoient divisées, & devoient former chacune un art séparé. La vertu est un être unique, indivisible: il s'agit de l'inspirer, non de l'enseigner; d'en faire aimer la pratique, & non d'en démontrer la théorie.

On se livre ensuite à des nouvelles déclamations contre les Arts & les Sciences, sous prétexte que le luxe va rarement sans elles, & qu'elles ne vont n'ont jamais sans lui. Quand j'accorderois cette proposition, que pourroit-on en conclure? La plûpart des Sciences me paroissent d'abord parfaitement désintéressées dans cette prétendue objection; le Geométre, l'Astronome, le Physicien ne sont pas suspects assurément. A l'égard des Arts, s'ils ont en effet quelque rapport avec le luxe, c'est un côté louable de ce luxe même, contre lequel on déclame tant, sans le bien connoître. Quoique cette question doive être regardée comme étrangere à mon sujet, je ne puis m'empêcher de dire, que tant qu'on ne voudra raisonner sur cette matiere que par comparaison du passé au présent, on en tirera les plus mauvaises conséquences du monde. Lorsque les hommes marchoient tout nuds, celui qui s'avisa le premier de porter des sabots passa pour un voluptueux; de siécle en siécle, on n'a jamais cessé de crier à la corruption, sans comprendre ce qu'on vouloit dire; le préjugé toujours vaincu, renaissoit fidélement à chaque nouveauté.

Le commerce & le luxe sont devenus les liens des Nations. La terre avant eux n'étoit qu'un champ de bataille, la guerre un brigandage, & les hommes des barbares, qui ne se croyoient nés que pour s'asservir, se piller, & se massacrer mutuellement: Tel étoient ces siécles anciens que l'on veut nous faire regretter.

La terre ne suffisoit ni à la nourriture, ni au travail de ses habitans; les sujets devenoient à charge à l'Etat; sitôt qu'ils étoient désarmés, il falloit les ramener à la guerre pour se soulager d'un poids incommode. Ces émigrations effroyables des peuples du Nord, la honte de l'humanité, qui détruiſirent l'Empire Romain, & qui déſolerent le neuviéme ſiécle, n'avoient d'autres ſources que la miſere d'un peuple oiſif. Au défaut de l'égalité des biens, qui a été long-tems la chimére de la politique, & qui eſt impoſſible dans les grands Etats, le luxe ſeul peut nourrir & occuper les ſujets. Ils ne deviennent pas moins utiles dans la paix que dans la guerre; leur induſtrie ſert autant que leur courage. Le travail du pauvre eſt payé du ſuperflu du riche. Tous les ordres des Citoyens s'attachent au Gouvernement par les avantages qu'ils en retirent.

Tandis qu'un petit nombre d'hommes jouit avec modération de ce qu'on nomme luxe, & qu'un nombre infiniment plus petit en abuſe, parce qu'il faut que les hommes abuſent de tout; il fait l'eſpoir, l'émulation & la ſubſiſtance d'un million de Citoyens, qui languiroient sans lui dans les horreurs de la mendicité. Tel est en France l'état de la Capitale. Parcourez les Provinces : les proportions y sont encore plus favorables. Vous y trouverez peu d'excès ; le nécessaire commode assez rare ; l'Artisan & le Laboureur, c'est-à-dire, le Corps de la Nation, borné à la simple existence ; ensorte qu'on peut regarder le luxe comme une humeur jettée sur une très-petite partie du Corps politique, qui fait la force & la santé du reste.

Mais, nous dit-on, les Arts amollissent le courage ; on cite quelques peuples lettrés qui ont été peu belliqueux, tels que l'ancienne Egypte, les Chinois, & les Italiens modernes ? Quelle injustice d'en accuser les Sciences ! Il seroit trop long d'en rechercher ici les causes. Il suffira de citer pour l'honneur des Lettres, l'exemple des Grecs & des Romains, de l'Eſpagne, de l'Angleterre & de la France, c'eſt-à-dire, des Nations les plus guerrieres & les plus ſçavantes.

Des Barbares ont fait de grandes conquêtes, c'eſt qu'ils étoient très-injuſtes; ils ont vaincu quelquefois des peuples policés : J'en conclurai, ſi l'on veut, qu'un peuple n'eſt pas invincible pour être ſçavant. A toutes ces révolutions, j'oppoſerai ſeulement la plus vaſte & la plus facile conquête qui ait jamais été faite; c'eſt celle de l'Amérique que les Arts & les Sciences de l'Europe ont ſubjuguée avec une poignée de ſoldats; preuve ſans réplique de la différence qu'elles peuvent mettre entre les hommes.

J'ajouterai, que c'eſt enfin une barbarie paſſée de mode, de ſuppoſer que les hommes ne sont nés que pour se détruire. Les talens & les vertus militaires méritent sans doute un rang distingué dans l'ordre de la nécessité : mais la Philosophie a épuré nos idées sur la gloire ; l'ambition des Rois n'est à ses yeux que le plus monstrueux des crimes : graces aux vertus du Prince qui nous gouverne, nous osons célébrer la modération & l'humanité.

Que quelques Nations au sein de l'ignorance ayent eu des idées de la gloire & de la vertu, ce sont des exceptions si singulieres, qu'elles ne peuvent former aucun préjugé contre les Sciences : pour nous en convaincre, jettons les yeux sur l'immense continent de l'Afrique, où nul mortel n'est assez hardi pour pénétrer, ou assez heureux pour l'avoir tenté impunément. Un bras de mer sépare à peine les Contrées sçavantes & heureuſes de l'Europe, de ces régions funeſtes, où l'homme eſt ennemi né de l'homme, où les Souverains ne ſont que les aſſaſſins privilégiés d'un peuple eſclave. D'où naiſſent ces différences ſi prodigieuſes entre des climats ſi voiſins, où ſont ces beaux rivages que l'on nous peint parés par les mains de la Nature ? L'Amérique ne nous offre pas des ſpectacles moins honteux pour l'eſpéce humaine. Pour un peuple vertueux dans l'ignorance, on en comptera cent barbares ou ſauvages. Par tout je vois l'ignorance enfanter l'erreur, les préjugés, les violences, les paſſions & les crimes. La terre abandonnée ſans culture, n'eſt point oiſive; elle produit des épines & des poiſons, elle nourrit des monſtres.

J'admire les Brutus, les Décius, les Lucréce, les Virginius, les Scévola; mais j'admirerai plus encore un Etat puissant & bien gouverné, où les Citoyens ne seront point condamnés à des vertus si cruelles.

Cincinnatus vainqueur retournoit à sa charrue; dans un siécle plus heureux, Scipion triomphant revenoit goûter avec Lélius & Térence les charmes de la Philosophie & des Lettres, & ceux de l'amitié plus précieux encore. Nous célébrons Fabricius, qui avec ses raves cuites sous la cendre, méprise l'or de Pyrrhus; mais Titus, dans la somptuosité de ses Palais, mesurant son bonheur sur celui qu'il procure au monde par ses bienfaits & par ses loix, devient le Héros de mon cœur. Au lieu de cet antique héroïsme superstitieux, rustique ou barbare, que j'admirois en frémissant; j'adore une vertu éclairée, heureuse & bienfaisante; l'idée de mon existence s'embellit : j'apprends à honorer & à chérir l'humanité.

Qui pourroit être assez aveugle, ou assez injuste, pour n'être pas frappé de ces différences ? Le plus beau spectacle de la Nature, c'est l'union de la vertu & du bonheur ; les Sciences & les Arts peuvent seuls élever la raison à cet accord sublime. C'est de leur secours qu'elle emprunte des forces pour vaincre les passions, des lumieres pour dissiper leurs prestiges, de l'élévation pour apprécier leur petitesse, des attraits enfin & des dédommagemens pour se distraire de leurs séductions.

On a dit que le crime n'étoit qu'un faux jugement *. Les Sciences, dont le premier objet est l'exercice & la perfection du raisonnement, sont

* Considérations sur les mœurs.

donc les guides les plus assurés des mœurs. L'innocence sans principes & sans lumieres, n'est qu'une qualité de tempéramment, aussi fragile que lui. La sagesse éclairée connoît ses ennemis & ses forces. Au moyen de son point de vûe fixe, elle purifie les biens matériels, & en extrait le bonheur : elle sçait tour à tour s'abstenir & jouir dans les bornes qu'elle s'est prescrites.

Il n'est pas plus difficile de faire voir l'utilité des Arts pour la perfection des mœurs. On comptera les abus que les passions en ont fait quelquefois : mais qui pourra compter les biens qu'ils ont produits ?

Otez les Arts du monde : que reste-t'il ? les exercices du corps & les passions. L'esprit n'est plus qu'un agent matériel, ou l'instrument du vice. On ne se délivre de ses passions que par des goûts; les Arts ſont néceſſaires à une Nation heureuſe : s'ils ſont l'occaſion de quelques déſordres, n'en accuſons que l'imperfection même de notre nature : de quoi n'abuſe-t'elle pas? Ils ont donné l'être aux plaiſirs de l'ame, les ſeuls qui ſoient dignes de nous : nous devons à leurs ſéductions utiles l'amour de la vérité & des vertus, que la plûpart des hommes auroient haïes & redoutées, ſi elles n'euſſent été parées de leurs mains.

C'eſt à tort qu'on affecte de regarder leurs productions comme frivoles. La Sculpture, la Peinture flatent la tendreſſe, conſolent les regrets, immortaliſent des vertus & les talens; elles ſont des ſources vivantes de l'émulation; Ceſar verſoit des larmes en contemplant la ſtatue d'Alexandre.

L'harmonie a ſur nous des droits naturels, que nous voudrions en vain méconnoître; la Fable a dit, qu'elle arrêtoit le cours des flots. Elle fait plus; elle suspend la pensée: elle calme nos agitations, & nos troubles les plus cruels; elle anime la valeur, & préside aux plaisirs.

Ne semble-t'il pas que la divine Poësie ait dérobé le feu du Ciel pour animer toute la nature? Quelle ame peut être inaccessible à sa touchante magie? elle adoucit le maintien sevére de la vérité, elle fait sourire la sagesse; les chef-d'œuvres du Théatre doivent être considérés comme de sçavantes expériences du cœur humain.

C'est aux Arts enfin que nous devons le beau choix des idées, les graces de l'esprit & l'enjouement ingénieux qui font les charmes de la société; ils ont doré les liens qui nous unissent, orné la scéne du monde, & multiplié les bienfaits de la Nature.

FIN.

DERNIERE
RÉPONSE
DE J. J. ROUSSEAU,
DE GENEVE.

Ne, dùm tacemus, non verecundiæ sed diffidentiæ causâ tacere videamur. Cyprian. contra Demet.

DERNIERE RÉPONSE DE J. J. ROUSSEAU, DE GENEVE.

C'Eſt avec une extrême répugnance que j'amuſe de mes diſputes des Lecteurs oiſifs qui ſe ſoucient très-peu de la vérité : mais la maniére dont on vient de l'attaquer me force à prendre ſa défenſe encore une fois, afin que mon ſilence ne ſoit pas pris par la multitude pour un aveu, ni pour un dédain par les Philosophes.

Il faut me repéter; je le sens bien, & le public ne me le pardonnera pas. Mais les sages diront : Cet homme n'a pas besoin de chercher sans cesse de nouvelles raisons; c'est une preuve de la solidité des siennes. *

* Il y a des vérités très-certaines qui au premier coup d'œil paroissent des absurdités, & qui passeront toujours pour telles auprès de la plûpart des gens. Allez dire à un homme du Peuple que le soleil est plus près de nous en hyver qu'en été, ou qu'il est couché avant que nous cessions de le voir, il se moquera de vous. Il en est ainsi du sentiment que je soutiens. Les hommes les plus superficiels ont toujours été les plus prompts à prendre parti contre moi; les vrais Philosophes se hâtent moins; & si j'ai la gloire d'avoir fait quelques prosélytes, ce n'est que parmi ces derniers. Avant que de m'expliquer, j'ai long tems & profondément médité mon sujet, & j'ai tâché de le considérer par toutes ses faces. Je doute qu'aucun de mes adversaires en puisse dire autant. Au moins n'apperçois-je point dans leurs écrits de ces vérités lumineuses qui ne frappent pas moins par leur évidence que par leur nouveauté, & qui sont toujours le fruit & la preuve d'une suffisante méditation. J'ose dire qu'ils ne m'ont jamais fait une objection raisonnable que je n'eusse prévûe & à laquelle je n'aie répondu d'avance. Voilà pourquoi je suis réduit à redire toujours les mêmes choses.

Comme

Comme ceux qui m'attaquent ne manquent jamais de s'écarter de la queſtion & de ſupprimer les diſtinctions eſſentielles que j'y ai miſes, il faut toujours commencer par les y ramener. Voici donc un ſommaire des propoſitions que j'ai ſoutenûes & que je ſoutiendrai auſſi long tems que je ne conſulterai d'autre intérêt que celui de la vérité.

Les Sciences ſont le chef-d'œuvre du génie & de la raiſon. L'eſprit d'imitation a produit les beaux Arts, & l'expérience les a perfectionnés. Nous ſommes redevables aux arts méchaniques d'un grand nombres d'inventions utiles qui ont ajoûté aux charmes & aux commodités de la vie. Voila des vérités dont je conviens de très-bon cœur aſſurément. Mais conſidérons maintenant toutes ces connoiſſances par rapport aux mœurs.*

* *Les connoiſſances rendent les hommes doux,* dit

Si des intelligences céleſtes cultivoient les ſciences, il n'en réſulteroit que du bien; j'en dis autant des grands hommes, qui ſont faits pour guider les autres. Socrate ſçavant & vertueux fut l'honneur de l'humanité: mais les vices des hommes vulgaires

ce Philoſophe célébre dont l'ouvrage toujours profond & quelquefois ſublime reſpire par tout l'amour de l'humanité. Il a écrit en ce peu de mots, &, ce qui eſt rare, ſans déclamation, ce qu'on a jamais écrit de plus ſolide à l'avantage des Lettres. Il eſt vrai, les connoiſſances rendent les hommes doux: Mais la douceur qui eſt la plus aimable des vertus, eſt auſſi quelquefois une foibleſſe de l'ame: La vertu n'eſt pas toujours douce; elle ſçait s'armer à propos de ſévérité contre le vice, elle s'enflamme d'indignation contre le crime.

Et le juſte au méchant ne ſçait point pardonner.

Ce fut une réponſe très ſage que celle d'un Roi de Lacedémone à ceux qui loüoient en ſa préſence l'extrême bonté de ſon Collégue Charillus. *Et comment ſeroit-il bon*, leur dit-il, *s'il ne ſçait pas être terrible aux méchans?* Brutus n'étoit point un homme doux; qui auroit le front de dire qu'il n'étoit pas vertueux? Au contraire, il y a des ames lâches & puſillanimes qui n'ont ni feu ni chaleur, & qui ne ſont douces que par indifférence pour le bien & pour le mal. Telle eſt la douceur qu'inſpire aux Peuples le goût des Lettres.

empoisonnent les plus sublimes connoissances & les rendent pernicieuses aux Nations ; les méchans en tirent beaucoup de choses nuisibles ; les bons en tirent peu d'avantage. Si nul autre que Socrate ne se fût piqué de Philosophie à Athénes, le sang d'un juste n'eût point crié vengeance contre la patrie des Sciences & des Arts.*

C'est une question à examiner, s'il seroit avantageux aux hommes d'avoir de la science, en supposant que ce qu'ils appellent de ce nom le méritât en effet : mais c'est une folie de prétendre que les chiméres de la Philosophie, les erreurs & les men-

* Il en a coûté la vie à Socrate pour avoir dit précisément les mêmes choses que moi. Dans le procès qui lui fut intenté, l'un de ses accusateurs plaidoit pour les Artistes, l'autre pour les Orateurs, le troisiéme pour les Poëtes, tous pour la prétendue cause des Dieux. Les Poetes, les Artistes, les Fanatiques, les Rheteurs triompherent ; & Socrate périt. J'ai bien peur d'avoir fait trop d'honneur à mon siécle en avançant que Socrate n'y eut point bû la Cigue.

ſonges des Philoſophes puiſſent jamais être bons à rien. Serons-nous toujours dupes des mots ? & ne comprendrons-nous jamais qu'études, connoiſſances, ſçavoir, & Philoſophie, ne ſont que de vains ſimulacres élevés par l'orgüeil humain, & très-indignes des noms pompeux qu'il leur donne ?

A meſure que le goût de ces niaiſeries s'étend chez une nation, elle perd celui des ſolides vertus : car il en coûte moins pour ſe diſtinguer par du babil que par de bonnes mœurs, dès qu'on eſt diſpenſé d'être homme de bien pourvû qu'on ſoit un homme agréable.

Plus l'intérieur ſe corrompt & plus l'extérieur ſe compoſe : * c'eſt ainſi

* Je n'aſſiſte jamais à la repréſentation d'une Comedie de Moliére que je n'admire la délicateſſe des ſpectateurs. Un mot un peu libre, une expreſſion plûtot groſſiére qu'obſcéne, tout bleſſe leurs chaſtes oreilles ; & je ne doute nullement que les plus cor-

que la culture des Lettres engendre insensiblement la politesse. Le goût naît encore de la même source. L'approbation publique étant le premier prix des travaux littéraires, il est naturel que ceux qui s'en occupent réfléchissent sur les moyens de plaire; & ce sont ces réflexions qui à la longue forment le style, épurent le goût, & répandent par tout les graces & l'urbanité. Toutes ces choses seront, si l'on veut, le supplément de la vertu : mais jamais on ne pourra dire qu'elles soient la vertu, & rarement elles s'associeront avec elle. Il y aura toujours cette différence, que celui qui se rend utile travaille pour les

rompus ne soient toujours les plus scandalisés. Cependant si l'on comparoit les mœurs du siécle de Moliére avec celles du nôtre, quelqu'un croira-t'il que le résultat fût à l'avantage de celui-ci? Quand l'imagination est une fois salie, tout devient pour elle un sujet de scandale; quand on n'a plus rien de bon que l'extérieur, on redouble tous les soins pour le conserver.

autres, & que celui qui ne ſonge qu'à ſe rendre agréable ne travaille que pour lui. Le flateur, par exemple, n'épargne aucun ſoin pour plaire, & cependant il ne fait que du mal.

La vanité & l'oiſiveté qui ont engendré nos ſciences, ont auſſi engendré le luxe. Le goût du luxe accompagne toujours celui des Lettres, & le goût des Lettres accompagne ſouvent celui du luxe*: toutes ces choſes ſe tiennent aſſez fidelle compagnie, parce qu'elles ſont l'ouvrage des mêmes vices.

Si l'expérience ne s'accordoit pas

* On m'a oppoſé quelque part le luxe des Aſiatiques, par cette même maniére de raiſonner qui fait qu'on m'oppoſe les vices des peuples ignorans. Mais par un malheur qui pourſuit mes adverſaires, ils ſe trompent même dans les faits qui ne prouvent rien contre moi. Je ſçais bien que les peuples de l'Orient ne ſont pas moins ignorans que nous; mais cela n'empêche pas qu'ils ne ſoient auſſi vains & ne faſſent preſque autant de livres. Les Turcs, ceux de tous qui cultivent le moins les Lettres, comptoient parmi eux cinq cent quatre vingt Poëtes claſſiques vers le milieu du ſiécle dernier.

avec ces propoſitions démontrées, il faudroit chercher les cauſes particuliéres de cette contrariété. Mais la premiere idée de ces propoſitions eſt née elle-même d'une longue méditation ſur l'expérience : & pour voir à quel point elle les confirme, il ne faut qu'ouvrir les annales du monde.

Les premiers hommes furent très-ignorans. Comment oſeroit-on dire qu'ils étoient corrompus, dans des tems où les ſources de la corruption n'étoient pas encore ouvertes ?

A travers l'obſcurité des anciens tems & la ruſticité des anciens Peuples, on apperçoit chez pluſieurs d'entr'eux de fort grandes vertus, ſurtout une ſévérité de mœurs qui eſt une marque infaillible de leur pureté, la bonne foi, l'hoſpitalité, a juſtice, &, ce qui eſt très-important, une grande horreur pour la débauche * mere féconde de tous

* Je n'ai nul dessein de faire ma cour aux femmes; je consens qu'elles m'honorent de l'épithéte de Pedant si redoutée de tous nos galans Philosophes. Je suis grossier, maussade, impoli par principes, & ne veux point de prôneurs ; ainsi je vais dire la vérité tout à mon aise.

L'homme & la femme sont faits pour s'aimer & s'unir ; mais passé cette union légitime, tout commerce d'amour entr'eux est une source affreuse de désordres dans la société & dans les mœurs. Il est certain que les femmes seules pourroient ramener l'honneur & la probité parmi nous : mais elles dédaignent des mains de la vertu un empire qu'elles ne veulent devoir qu'à leurs charmes ; ainsi elles ne font que du mal, & reçoivent souvent elles mêmes la punition de cette préférence. On a peine à concevoir comment, dans une Religion si pure, la chasteté a pu devenir une vertu basse & monacale capable de rendre ridicule tout homme & je dirois presque toute femme qui oseroit s'en piquer ; tandis que chez les Payens cette même vertu étoit universellement honorée, régardée comme propre aux grands hommes, & admirée dans leurs plus illustres héros. J'en puis nommer trois qui ne céderont le pas à nul autre, & qui, sans que la Religion s'en mêlât, ont tous donné des exemples mémorables de continence : Cyrus, Alexandre, & le jeune Scipion. De toutes les raretés que renferme le Cabinet du Roi, je ne voudrois voir que le bouclier d'argent qui fut donné à ce dernier par les Peuples d'Espagne & sur lequel ils avoient fait graver le triomphe de sa vertu : c'est ainsi qu'il appartenoit aux Romains de soumettre les Peuples, autant par la vénération dûe à leurs mœurs que par l'effort de leurs armes ; c'est ainsi que les autres vices. La vertu n'eſt donc pas incompatible avec l'ignorance.

Elle n'eſt pas non plus toujours ſa compagne : car pluſieurs peuples très-ignorans étoient très-vicieux. L'ignorance n'eſt un obſtacle ni au bien ni au mal; elle eſt ſeulement l'état naturel de l'homme. *

la ville des Faliſques fut ſubjugué, & Pyrrus vainqueur, chaſſé de l'Italie.

Je me ſouviens d'avoir lû quelque part une aſſez bonne réponſe du Poëte Dryden a un jeune Seigneur Anglois, qui lui reprochoit que dans une de ſes Tragédies, Cleoménes s'amuſoit à cauſer tête a tête avec ſon amante au lieu de former quelque entrepriſe digne de ſon amour. Quand je ſuis auprès d'une belle, lui diſoit le jeune Lord, je ſçais mieux mettre le tems à profit : Je le crois, lui repliqua Dryden, mais auſſi m'avouerez-vous bien que vous n'etes pas un Héros.

* Je ne puis m'empêcher de rire en voyant je ne ſçais combien de fort ſçavans hommes qui m'honorent de leur critique, m'oppoſer toujours les vices d'une multitude de Peuples ignorans, comme ſi cela faiſoit quelque choſe à la queſtion. De ce que la ſcience engendre néceſſairement le vice, s'enſuit-il que l'ignorance engendre néceſſairement la vertu ? Ces maniéres d'argumenter peuvent être bonnes pour des Rhéteurs, ou pour les enfans par leſquels on m'a fait réfuter dans mon pays ; mais les Philoſophes doivent raiſonner d'autre ſorte.

On n'en pourra pas dire autant de la ſcience. Tous les Peuples ſçavans ont été corrompus, & c'eſt déja un terrible préjugé contre elle. Mais comme les comparaiſons de Peuple à Peuple ſont difficiles, qu'il y faut faire entrer un fort grand nombre d'objets, & qu'elles manquent toujours d'exactitude par quelque côté; on eſt beaucoup plus ſûr de ce qu'on fait en ſuivant l'hiſtoire d'un même Peuple, & comparant les progrès de ſes connoiſſances avec les révolutions de ſes mœurs. Or le réſultat de cet examen eſt que le beau tems, le tems de la vertu de chaque Peuple, a été celui de ſon ignorance; & qu'à meſure qu'il eſt devenu ſçavant, Artiſte, & Philoſophe, il a perdu ſes mœurs & ſa probité; il eſt redeſcendu à cet égard au rang des Nations ignorantes & vicieuſes qui ſont la honte de l'humanité. Si l'on veut s'opiniâtrer à y chercher des différences, j'en puis reconnoître une, & la voici : C'est que tous les Peuples barbares, ceux mêmes qui sont sans vertu honorent cependant toujours la vertu, au lieu qu'à force de progrès, les Peuples sçavans & Philosophes parviennent enfin à la tourner en ridicule & à la mépriser. C'est quand une nation est une fois à ce point, qu'on peut dire que la corruption est au comble & qu'il ne faut plus espérer de remédes.

Tel est le sommaire des choses que j'ai avancées, & dont je crois avoir donné les preuves. Voyons maintenant celui de la Doctrine qu'on m'oppose.

» Les hommes sont méchans naturellement ; ils ont été tels avant la » formation des sociétés ; & par tout » où les sciences n'ont pas porté leur

» flambeau, les Peuples, abandon-
» nés aux ſeules *facultés de l'inſtinct*,
» réduits avec les lions & les ours à
» une vie purement animale, ſont de-
» meurés plongés dans la barbarie &
» dans la miſére.

» La Gréce ſeule dans les anciens
» tems penſa & *s'éleva par l'eſprit* à
» tout ce qui peut rendre un Peuple
» recommandable. Des Philoſophes
» formerent ſes mœurs & lui donne-
» rent des loix.

» Sparte, il eſt vrai, fut pauvre &
» ignorante par inſtitution & par choix;
» mais ſes loix avoient de grands dé-
» fauts, ſes Citoyens un grand pen-
» chant à ſe laiſſer corrompre; ſa gloi-
» re fut peu ſolide, & elle perdit
» bientôt ſes inſtitutions, ſes loix &
» ſes mœurs.

» Athénes & Rome dégénérent
» auſſi. L'une céda à la fortune de la

» Macédoine ; l'autre succomba sous » sa propre grandeur, parce que les » loix d'une petite ville n'étoient pas » faites pour gouverner le monde. S'il » est arrivé quelquefois que la gloi- » re des grands Empires n'ait pas duré » long tems avec celle des lettres, » c'est qu'elle étoit à son comble lors- » que les lettres y ont été cultivées, » & que c'est le sort des choses humai- » nes de ne pas durer long tems dans » le même état. En accordant donc » que l'altération des loix & des » mœurs ayent influé sur ces grands » événemens, on ne sera point forcé » de convenir que les Sciences & les » Arts y ayent contribué : & l'on peut » observer, au contraire, que le pro- » grès & la décadence des lettres est » toujours en proportion avec la for- » tune & l'abbaissement des Empires.

» Cette vérité se confirme par l'ex-

» périence des derniers tems, où l'on » voit dans une Monarchie vaste & » puissante la prospérité de l'état, la » culture des Scienees & des Arts; » & la vertu guerriére concourir à la » fois à la gloire & à la grandeur de » l'Empire.

» Nos mœurs sont les meilleures » qu'on puisse avoir; plusieurs vices » ont été proscrits parmi nous; ceux » qui nous restent appartiennent à » l'humanité, & les sciences n'y ont » nulle part.

» Le luxe n'a rien non plus de com» mun avec elles; ainsi les désordres » qu'il peut causer ne doivent point » leur être attribués. D'ailleurs le luxe » est nécessaire dans les grands Etats; » il y fait plus de bien que de mal; » il est utile pour occuper les Ci» toyens oisifs & donner du pain aux » pauvres.

» La politeſſe doit être plutôt » comptée au nombre des vertus » qu'au nombre des vices : elle em» pêche les hommes de ſe montrer » tels qu'ils ſont ; précaution très-né» ceſſaire pour les rendre ſupporta» bles les uns aux autres.

» Les Sciences ont rarement at» teint le but qu'elles ſe propoſent ; » mais au moins elles y viſent. On » avance à pas lents dans la connoiſ» ſance de la vérité ; ce qui n'empêche » pas qu'on n'y faſſe quelque pro» grès.

» Enfin quand il ſeroit vrai que les » Sciences & les Arts amolliſſent le » courage, les biens infinis qu'ils » nous procurent ne ſeroient-ils pas » encore préférables à cette vertu » barbare & farouche qui fait frémir » l'humanité ? » Je paſſe l'inutile & pompeuſe revûe de ces biens : &

pour commencer sur ce dernier point par un aveu propre à prévenir bien du verbiage, je déclare une fois pour toutes que si quelque chose peut compenser la ruine des mœurs, je suis prêt à convenir que les Sciences font plus de bien que de mal. Venons maintenant au reste.

Je pourrois sans beaucoup de risque supposer tout cela prouvé, puisque de tant d'assertions si hardiment avancées, il y en a très-peu qui touchent le fond de la question, moins encore dont on puisse tirer contre mon sentiment quelque conclusion valable, & que même la plûpart d'entr'elles fourniroient de nouveaux argumens en ma faveur, si ma cause en avoit besoin.

En effet, 1. Si les hommes sont méchans par leur nature, il peut arriver, si l'on veut, que les sciences produiront

ront quelque bien entre leurs mains ; mais il est très-certain qu'elles y feront beaucoup plus de mal : Il ne faut point donner d'armes à des furieux.

2. Si les Sciences atteignent rarement leur but, il y aura toujours beaucoup plus de tems perdu que de tems bien employé. Et quand il seroit vrai que nous aurions trouvé les meilleures méthodes, la plûpart de nos travaux seroient encore aussi ridicules que ceux d'un homme qui, bien sûr de suivre exactement la ligne d'à-plomb, voudroit mener un puits jusqu'au centre de la terre.

3. Il ne faut point nous faire tant de peur de la vie purement animale, ni la considérer comme le pire état où nous puissions tomber ; car il vaudroit encore mieux ressembler à une brebis qu'à un mauvais Ange.

4. La Gréce fut redevable de ses

mœurs & de ses loix à des Philosophes, & à des Législateurs. Je le veux. J'ai déjà dit cent fois qu'il est bon qu'il y ait des Philosophes, pourvû que le Peuple ne se mêle pas de l'être.

5. N'osant avancer que Sparte n'avoit pas de bonnes loix, on blâme les loix de Sparte d'avoir eû de grands défauts : de sorte que, pour rétorquer les reproches que je fais aux Peuples sçavans d'avoir toujours été corrompus, on reproche aux Peuples ignorans de n'avoir pas atteint la perfection.

6. Le progrès des lettres est toujours en proportion avec la grandeur des Empires. Soit. Je vois qu'on me parle toujours de fortune & de grandeur. Je parlois moi de mœurs & de vertu.

7. Nos mœurs sont les meilleures

que de méchans hommes comme nous puissent avoir; cela peut être. Nous avons proscrit plusieurs vices; je n'en disconviens pas. Je n'accuse point les hommes de ce siécle d'avoir tous les vices; ils n'ont que ceux des ames lâches; ils sont seulement fourbes & fripons. Quant aux vices qui supposent du courage & de la fermeté, je les en crois incapables.

8. Le luxe peut être nécessaire pour donner du pain aux pauvres : mais, s'il n'y avoit point de luxe, il n'y auroit point de pauvres. * Il occupe les Ci-

* Le luxe nourrit cent pauvres dans nos villes, & en fait périr cent mille dans nos campagnes : l'argent qui circule entre les mains des riches & des Artistes pour fournir à leurs supefluités, est perdu pour la subsistance du Laboureur; & celui-ci n'a point d'habit précisément parce qu'il faut du galon aux autres. Le gaspillage des matiéres qui servent à la nourriture des hommes suffit seul pour rendre le luxe odieux à l'humanité. Mes adversaires sont bienheureux que la coupable délicatesse de notre langue m'empeche d'entrer là dessus dans des détails qui les feroient rougir de la cause qu'ils osent défendre. Il faut des jus dans

toyens oisifs. Et pourquoi y a-t'il des Citoyens oisifs ? Quand l'agriculture étoit en honneur, il n'y avoit ni misére ni oisiveté, & il y avoit beaucoup moins de vices.

9. Je vois qu'on a fort à cœur cette cause de luxe, qu'on feint pourtant de vouloir séparer de celle des Sciences & des Arts. Je conviendrai donc, puisqu'on le veut si absolument, que le luxe sert au soutien des Etats, comme les Cariatides servent à soûtenir les palais qu'elles décorent ; ou plutôt, comme ces poûtres dont on étaye des bâtimens pourris, & qui souvent achevent de les renverser. Hommes sages & prudens, sortez de toute maison qu'on étaye.

Ceci peut montrer combien il me

nos cuisines ; voilà pourquoi tant de malades manquent de bouillon. Il faut des liqueurs sur nos tables ; voilà pourquoi le paysan ne boit que de l'eau. Il faut de la poudre à nos perruques ; voilà pourquoi tant de pauvres n'ont point de pain.

seroit aisé de retourner en ma faveur la plûpart des choses qu'on prétend m'opposer ; mais à parler franchement, je ne les trouve pas assez bien prouvées pour avoir le courage de m'en prévaloir.

On avance que les premiers hommes furent méchans ; d'où il suit que l'homme est méchant naturellement. * Ceci n'est pas une assertion de légére importance ; il me semble qu'elle eût bien valu la peine d'être prouvée.

* Cette note est pour les Philosophes ; je conseille aux autres de la passer.

Si l'homme est méchant par sa nature, il est clair que les Sciences ne feront que le rendre pire ; ainsi voilà leur cause perdue par cette seule supposition. Mais il faut bien faire attention que, quoique l'homme soit naturellement bon, comme je le crois, & comme j'ai le bonheur de le sentir, il ne s'ensuit pas pour cela que les sciences lui soient salutaires ; car toute position qui met un peuple dans le cas de les cultiver, annonce nécessairement un commencement de corruption qu'elles accélerent bien vite. Alors le vice de la constitution fait tout le mal qu'auroit pû faire celui de la nature, & les mauvais préjugés tiennent lieu des mauvais penchans.

Les Annales de tous les peuples qu'on ose citer en preuve, sont beaucoup plus favorables à la supposition contraire; & il faudroit bien des témoignages pour m'obliger de croire une absurdité. Avant que ces mots affreux de *tien* & de *mien* fussent inventés; avant qu'il y eût de cette espéce d'hommes cruels & brutaux qu'on qu'on appelle maîtres, & de cette autre espéce d'hommes fripons & menteurs qu'on appelle esclaves; avant qu'il y eût des hommes assez abominables pour oser avoir du superflu pendant que d'autres hommes meurent de faim; avant qu'une dépendance mutuelle les eût tous forcés à devenir fourbes, jaloux & traîtres; je voudrois bien qu'on m'expliquât en quoi pouvoient consister ces vices, ces crimes qu'on leur reproche avec tant d'emphase. On m'assûre qu'on est depuis long-tems désabusé de la chimére de l'Age d'or. Que n'ajoûtoit-on encore qu'il y a long-tems qu'on est désabusé de la chimére de la vertu?

J'ai dit que les premiers Grecs furent vertueux avant que la science les eût corrompus; & je ne veux pas me rétracter sur ce point, quoiqu'en y regardant de plus près, je ne sois pas sans défiance sur la solidité des vertus d'un peuple si babillard, ni sur la justice des éloges qu'il aimoit tant à se prodiguer & que je ne vois confirmés par aucun autre témoignage. Que m'oppose-t'on à cela? Que les premiers Grecs dont j'ai loué la vertu étoient éclairés & sçavans, puisque des Philosophes formerent leurs mœurs & leur donnerent des loix. Mais avec cette maniére de raisonner, qui m'empêchera d'en dire autant de toutes les autres Nations ? Les Perses n'ont-ils pas eû leurs Mages, les Assyriens leurs Chaldéens, les Indes leurs Gymnosophistes, les Celtes leurs Druides ? Ochus n'a-t'il pas brillé chez les Pheniciens, Atlas chez les Lybiens, Zoroastre chez les Perses, Zamolxis chez les Thraces ? Et plusieurs même n'ont-ils pas prétendu que la Philosophie étoit née chez les Barbares ? C'étoient donc des sçavans à ce compte que tous ces peuples-là ? *A côté des Miltiade & des Thémistocle, on trouvoit*, me dit-on, *les Aristide & les Socrate*. A côté, si l'on veut ; car que m'importe ? Cependant Miltiade, Aristide, Thémistocle, qui étoient des Heros, vivoient dans un tems, Socrate & Platon, qui étoient des Philosophes, vivoient dans un autre ; & quand on commença à ouvrir des écoles publiques de Philosophie, la Gréce avilie & dégénérée avoit déja renoncé à sa vertu & vendu sa liberté.

La superbe Asie vit briser ses forces innombrables contre une poignée d'hommes que la Philosophie conduisoit à la gloire. Il est vrai : la Philosophie de l'ame conduit à la véritable gloire, mais celle-là ne s'apprend point dans les livres. *Tel est l'infaillible effet des connoissances de l'esprit.* Je prie le Lecteur d'être attentif à cette conclusion. *Les mœurs & les loix sont la seule source du véritable héroïsme.* Les Sciences n'y ont donc que faire. *En un mot, la Gréce dut tout aux sciences, & le reste du monde dut tout à la Gréce.* La Gréce ni le monde ne durent donc rien aux loix ni aux mœurs. J'en demande pardon à mes adversaires ; mais il n'y a pas moyen de leur passer ces sophismes.

Examinons encore un moment cette preférence qu'on prétend donner à la Gréce sur tous les autres peuples, & dont il semble qu'on se soit fait un point capital. *J'admirerai, si l'on veut, des peuples qui passent leur vie à la guerre ou dans les bois, qui couchent sur la terre & vivent de légumes.* Cette admiration est en effet très-digne d'un vrai Philosophe : il n'appartient qu'au peuple aveugle & stupide d'admirer des gens qui passent leur vie, non à défendre leur liberté, mais à se voler & se trahir mutuellement pour satisfaire leur mollesse ou leur ambition, & qui osent nourrir leur oisiveté de la sueur du sang & des travaux d'un million de malheureux. *Mais est-ce parmi ces gens grossiers qu'on ira chercher le bonheur?* On l'y chercheroit beaucoup plus raisonnablement, que la vertu parmi les autres.

Quel spectacle nous présenteroit le Genre humain composé uniquement de laboureurs, de soldats, de chasseurs, & de bergers? Un spectacle infiniment plus beau que celui du Genre humain composé de Cuisiniers, de Poëtes, d'Imprimeurs, d'Orphévres, de Peintres & de Musiciens. Il n'y a que le mot *soldat* qu'il faut rayer du premier Tableau. La Guerre est quelquefois un devoir, & n'est point faite pour être un métier. Tout homme doit être soldat pour la défense de sa liberté; nul ne doit l'être pour envahir celle d'autrui : & mourir en servant la patrie est un emploi trop beau pour le confier à des mercénaires. *Faut-il donc, pour être dignes du nom d'hommes, vivre comme les lyons & les ours?* Si j'ai le bonheur de trouver un seul Lecteur impartial & ami de la vérité, je le prie de jetter un coup d'œil ſur la ſociété actuelle, & d'y remarquer qui ſont ceux qui vivent entr'eux comme les lyons & les ours, comme les tygres & les crocodiles. *Erigera-t'on en vertu les facultés de l'inſtinct pour ſe nourrir, ſe perpétuer & ſe défendre ?* Ce ſont des vertus, n'en doutons pas, quand elles ſont guidées par la raiſon & ſagement ménagées ; & ce ſont, ſur tout, des vertus quand elles ſont employées à l'aſſiſtance de nos ſemblables. *Je ne vois là que des vertus animales, peu conformes à la dignité de notre être. Le corps eſt exercé, mais l'ame eſclave ne fait que ramper & languir.* Je dirois volontiers en parcourant les faſtueuſes recherches de toutes nos Académies : » Je ne vois là que d'ingé-» nieuſes ſubtilités, peu conformes à » la dignité de notre être. L'eſprit eſt » exercé, mais l'ame eſclave ne fait

» que ramper & languir. » *Otez les arts du monde*, nous dit-on ailleurs, *que reste-t'il ? les exercices du corps & les passions.* Voyez, je vous prie, comment la raison & la vertu sont toujours oubliées ! *Les Arts ont donné l'être aux plaisirs de l'ame, les seuls qui soient dignes de nous.* C'est-à-dire qu'ils en ont substitué d'autres à celui de bien faire, beaucoup plus digne de nous encore. Qu'on suive l'esprit de tout ceci, on y verra, comme dans les raisonnemens de la plûpart de mes adversaires, un enthousiasme si marqué sur les merveilles de l'entendement, que cette autre faculté infiniment plus sublime & plus capable d'élever & d'ennoblir l'âme, n'y est jamais comptée pour rien ? Voilà l'effet toujours assûré de la culture des lettres. Je suis sûr qu'il n'y a pas actuellement un sçavant qui n'estime beaucoup plus l'éloquence de Ciceron que son zéle, & qui n'aimât infiniment mieux avoir composé les Catilinaires que d'avoir sauvé son pays.

L'embarras de mes adversaires est visible toutes les fois qu'il faut parler de Sparte. Que ne donneroient-ils point pour que cette fatale Sparte n'eût jamais existé? & eux qui prétendent que les grandes actions ne sont bonnes qu'à être célébrées, à quel prix ne voudroient-ils point que les siennes ne l'eussent jamais été! C'est une terrible chose qu'au milieu de cette fameuse Gréce qui ne devoit sa vertu qu'à la Philosophie, l'Etat où la vertu a été la plus pure & a duré le plus long-tems ait été précisément celui où il n'y avoit point de Philosophes. Les mœurs de Sparte ont toujours été proposées en exemple à toute la Gréce; toute la Gréce étoit corrompue, & il y avoit encore de la vertu à Sparte; toute la Gréce étoit esclave, Sparte seule étoit encore libre : cela est désolant. Mais enfin la fiére Sparte perdit ses mœurs & sa liberté, comme les avoit perdues la sçavante Athénes; Sparte a fini. Que puis-je répondre à cela ?

Encore deux observations sur Sparte, & je passe à autre chose ; voici la premiere. *Après avoir été plusieurs fois sur le point de vaincre, Athénes fut vaincue, il est vrai ; & il est surprenant qu'elle ne l'eût pas été plutôt, puisque l'Attique étoit un pays tout ouvert, & qui ne pouvoit se défendre que par la supériorité de succès.* Athénes eut dû vaincre par toutes sortes de raisons. Elle étoit plus grande & beaucoup plus peuplée que Lacédemone; elle avoit de grands revenus & plusieurs peuples étoient ses tributaires; Sparte n'avoit rien de tout cela. Athénes sur tout par sa position avoit un avantage dont Sparte étoit privée, qui la mit en état de désoler plusieurs fois le Péloponese, & qui devoit seul lui assûrer l'Empire de la Gréce. C'étoit un port vaste & commode; c'étoit une Marine formidable dont elle étoit redevable à la prévoyance de ce rustre de Thémistocle qui ne sçavoit pas jouer de la flute. On pourroit donc être surpris qu'Athénes, avec tant d'avantages, ait pourtant enfin succombé. Mais quoique la guerre du Peloponése, qui a ruiné la Gréce, n'ait fait honneur ni à l'une ni à l'autre République, & qu'elle ait sur tout été de la part des Lacédemoniens une infraction des maximes de leur sage Législateur, il ne faut pas s'étonner qu'à la longue le vrai courage l'ait emporté

emporté sur les ressources, ni même que la réputation de Sparte lui en ait donné plusieurs qui lui faciliterent la victoire. En vérité, j'ai bien de la honte de sçavoir ces choses-là, & d'être forcé de les dire.

L'autre observation ne sera pas moins remarquable. En voici le texte, que je crois devoir remettre sous les yeux du Lecteur.

Je suppose que tous les états dont la Gréce étoit composée, eussent suivi les mêmes loix que Sparte, que nous resteroit-il de cette contrée si célébre? A peine son nom seroit parvenu jusqu'à nous. Elle auroit dédaigné de former des historiens, pour transmettre sa gloire à la postérité; le spectacle de ses farouches vertus eût été perdu pour nous; il nous seroit indifférent, par conséquent, qu'elles eussent existé ou non. Les nombreux systêmes de Philosophie qui ont épuisé toutes les combinaisons pos-

sibles de nos idées, & qui, s'ils n'ont pas étendu beaucoup les limites de notre esprit, nous ont appris du moins où elles étoient fixées; ces chefs-d'œuvres d'éloquence & de poësie qui nous ont enseigné toutes les routes du cœur; les arts utiles ou agréables qui conservent ou embellissent la vie; enfin, l'inestimable tradition des pensées & des actions de tous les grands hommes, qui ont fait la gloire ou le bonheur de leurs pareils: toutes ces précieuses richesses de l'esprit eussent été perdues pour jamais. Les siécles se seroient accumulés; les générations des hommes se seroient succédé comme celles des animaux, sans aucun fruit pour la postérité, & n'auroient laissé après elles qu'un souvenir confus de leur existence; le monde auroit vieilli, & les hommes seroient demeurés dans une enfance éternelle.

Supposons à notre tour qu'un Lacedémonien pénetré de la force de ces raisons eût voulu les exposer à ses compatriotes ; & tâchons d'imaginer le discours qu'il eut pû faire dans la place publique de Sparte.

» Citoyens, ouvrez les yeux sur » votre aveuglement. Je vois avec » douleur que vous ne travaillez qu'à » acquérir de la vertu, qu'à exercer » votre courage & maintenir votre liberté ; & cependant vous oubliez le » devoir plus important d'amuser les » oisifs des races futures. Dites-moi ; » à quoi peut être bonne la vertu, si » ce n'est à faire du bruit dans le monde ? Que vous aura servi d'être gens » de bien, quand personne ne parlera » de vous ? Qu'importera aux siécles à » venir que vous vous soyez dévoués » à la mort aux Termopiles pour le » salut des Athéniens, si vous ne laissez comme eux ni systêmes de Philosophie, ni vers, ni comedies,

» ni ſtatues? * Hâtez-vous donc d'a-
» bandonner des loix qui ne ſont bon-
» nes qu'à vous rendre heureux ; ne
» ſongez qu'à faire beaucoup parler
» de vous quand vous ne ſerez plus ;
» & n'oubliez jamais que, ſi l'on ne

* Periclès avoit de grands talens, beaucoup d'éloquence, de magnificence & de goût: il embellit Athénes d'excellens ouvrages de ſculpture, d'édifices ſomptueux & de chef-d'œuvres dans tous les arts. Auſſi Dieu ſçait comment il a été prôné par la foule des écrivains! Cependant il reſte encore à ſçavoir ſi Périclès a été un bon Magiſtrat: car dans la conduite des Etats il ne s'agit pas d'élever des ſtatues, mais de bien gouverner des hommes. Je ne m'amuſerai point à développer les motifs ſécrets de la guerre du Péloponneſe, qui fut la ruine de la République; je ne rechercherai point ſi le conſeil d'Alcibiade étoit bien ou mal fondé, ſi Periclès fut juſtement, ou injuſtement accuſé de malverſation; je demanderai ſeulement ſi les Athéniens devinrent meilleurs ou pires ſous ſon gouvernement; je prierai qu'on me nomme quelqu'un parmi les Citoyens, parmi les Eſclaves, même parmi ſes propres enfans, dont ſes ſoins aient fait un homme de bien. Voilà pourtant, ce me ſemble, la premiere fonction du Magiſtrat & du Souverain. Car le plus court & le plus ſûr moyen de rendre les hommes heureux, n'eſt pas d'orner leurs villes ni même de les enrichir, mais de les rendre bons.

» célébroit les grands hommes, il se- » roit inutile de l'être.

Voilà, je pense, à peu près ce qu'auroit pu dire cet homme, si les Ephores l'eussent laissé achever.

Ce n'est pas dans cet endroit seulement qu'on nous avertit que la vertu n'est bonne qu'à faire parler de soi. Ailleurs on nous vante encore les pensées du Philosophe, parce qu'elles sont immortelles & consacrées à l'admiration de tous les siécles; *tandis que les autres voyent disparoître leurs idées avec le jour, la circonstance, le moment qui les a vu naître. Chez les trois quarts des hommes, le lendemain efface la veille, sans qu'il en reste la moindre trace.* Ah! il en reste au moins quelqu'une dans le témoignage d'une bonne conscience, dans les malheureux qu'on a soulagés, dans les bonnes actions qu'on a faites, &

dans la mémoire de ce Dieu bienfaisant qu'on aura servi en silence. *Mort ou vivant*, disoit le bon Socrate, *l'homme de bien n'est jamais oublié des Dieux*. On me répondra, peut être, que ce n'est pas de ces sortes de pensées qu'on a voulu parler; & moi je dis, que toutes les autres ne valent pas la peine qu'on en parle.

Il est aisé de s'imaginer que faisant si peu de cas de Sparte, on ne montre guéres plus d'estime pour les anciens Romains. *On consent à croire que c'étoient de grands hommes, quoiqu'ils ne fissent que de petites choses.* Sur ce pied-là j'avoue qu'il y a long-tems qu'on n'en fait plus que de grandes. On reproche à leur tempérance & à leur courage de n'avoir pas été de vraies vertus, mais des qualités forcées *:

* Je vois la plûpart des esprits de mon tems faire les ingénieux à obscurcir la gloire des belles & généreuses actions anciennes, leur donnant quelque

cependant quelques pages après, on avoue que Fabricius mépriſoit l'or de Pyrrhus, & l'on ne peut ignorer que l'hiſtoire Romaine eſt pleine d'exemples de la facilité qu'euſſent eue à s'enrichir ces Magiſtrats, ces guerriers vénérables qui faiſoient tant de cas de leur pauvreté. * Quant au coura-

interprétation vile, & leur controuvant des occaſions & des cauſes vaines. Grande ſubtilité! Qu'on me donne l'action la plus excellente & pure, je m'en vais y fournir vraiſemblablement cinquante vitieuſes intentions. Dieu ſçait, à qui les veut étendre, quelle diverſité d'images ne ſouffre notre interne volonté. Ils ne font pas tant malitieuſement que lourdement & groſſiérement les ingénieux avec leur médiſance. La même peine qu'on prend à détracter ces grands noms, & la même licence, je la prendrois volontiers à leur donner un tour d'épaule pour les hauſſer. Ces rares figures & triées pour l'exemple du monde par le contentement des ſages, je ne me feindrois pas de les recharger d'honneur, autant que mon invention pourroit, en interprétation & favorables circonſtances. Et il faut croire que les efforts de notre invention ſont bien au-deſſous de leur mérite. C'eſt l'office de gens de bien de peindre la vertu la plus belle qu'il ſe puiſſe. Et ne meſſieroit pas quand la paſſion nous tranſporteroit à la faveur de ſi ſaintes formes. Ce n'eſt pas Rouſſeau qui dit tout cela, c'eſt Montagne.

* Curius refuſant les préſens des *Samnites*, diſ-

ge, ne sçait on pas que la lâcheté ne sçauroit entendre raison ? & qu'un poltron ne laisse pas de fuir, quoique sûr d'être tué en fuyant? *C'est*, dit-on, *vouloir contraindre un homme fort & robuste à bégayer dans un berceau, que de vouloir rappeller les grands Etats aux petites vertus des petites Républiques*. Voilà une phrase qui ne doit pas être nouvelle dans les Cours. Elle eut été très-digne de Tibére ou de Cathérine de Medicis, & je ne doute pas que l'un & l'autre n'en ayent souvent employé de semblables.

Il seroit difficile d'imaginer qu'il fallût mesurer la morale avec un instrument d'arpenteur. Cependant on

qu'il aimoit mieux commander à ceux qui avoient de l'or que d'en avoir lui-même. Curius avoit raison. Ceux qui aiment les richesses sont faits pour servir, & ceux qui les méprisent pour commander. Ce n'est pas la force de l'or qui asservit les pauvres aux riches, mais c'est qu'ils veulent s'enrichir à leur tour; sans cela, ils seroient nécessairement les maîtres.

ne ſcauroit dire que l'étendue des Etats ſoit tout à ſait indifférente aux mœurs des Citoyens. Il y a ſûrement quelque proportion entre ces choſes; je ne ſçais ſi cette proportion ne ſeroit point inverſe. Voilà une importante queſtion à méditer; & je crois qu'on peut bien la regarder encore comme indéciſe, malgré le ton plus mépriſant que philoſophique avec lequel elle eſt ici tranchée en deux mots.

C'étoit, continue-t'on, *la folie de Caton: Avec l'humeur & les préjugés héréditaires dans ſa famille, il déclama toute ſa vie, combatit & mourut ſans avoir rien fait d'utile pour ſa Patrie.* Je ne ſçais s'il n'a rien fait pour ſa Patrie; mais je ſçais qu'il a beaucoup fait pour le genre humain, en lui donnant le ſpectacle & le modele de la vertu la plus pure qui ait jamais existé : il a appris à ceux qui aiment sincerement le véritable honneur, à sçavoir résister aux vices de leur siécle & à détester cette horrible maxime des gens à la mode *qu'il faut faire comme les autres* ; maxime avec laquelle ils iroient loin sans doute, s'ils avoient le malheur de tomber dans quelque bande de Cartouchiens. Nos descendans apprendront un jour que dans ce siécle de sages & de Philosophes, le plus vertueux des hommes a été tourné en ridicule & traité de fou, pour n'avoir pas voulu souiller sa grande ame des crimes de ses contemporains, pour n'avoir pas voulu être un scélérat avec Cesar & les autres brigands de son tems.

On vient de voir comment nos Philosophes parlent de Caton. On va voir comment en parloient les anciens Philosophes. *Ecce spectaculum dignum ad quod respiciat, intentus operi suo, Deus. Ecce par Deo dignum, vir fortis cùm malâ fortunâ compositus. Non video, inquam, quid habeat in terris Jupiter pulchrius, si convertere animum velit, quàm ut spectet Catonem, jàm partibus non semel fractis, nihilominus inter ruinas publicas erectum.*

Voici ce qu'on nous dit ailleurs des premiers Romains. *J'admire les Brutus, les Decius, les Lucréce, les Virginius, les Scevola.* C'est quelque chose dans le siécle où nous sommes. *Mais j'admirerai encore plus un état puissant & bien gouverné.* Un état puissant, & bien gouverné! Et moi aussi, vraiment. *Où les Citoyens ne seront point condamnés à des vertus si cruelles.* J'entends; il est plus commode de vivre dans une constitution de choses où chacun soit dispensé d'être homme de bien. Mais si les Citoyens de cet état qu'on admire, se trouvoient réduits par quelque malheur ou à renoncer à la vertu, ou à pratiquer ces vertus cruelles, & qu'ils eussent la force de faire leur devoir, seroit-ce donc une raison de les admirer moins?

Prenons l'exemple qui révolte le plus notre siécle, & examinons la conduite de Brutus souverain Magistrat, faisant mourir ses enfans qui avoient conspiré contre l'Etat dans un moment critique où il ne faloit presque rien pour le renverser. Il est certain que, s'il leur eût fait grace, son collegue eût infailliblement sauvé tous les autres complices, & que la République étoit perdue. Qu'importe, me dira-t'on? Puisque cela est si indifférent, supposons donc qu'elle eût subsisté, & que Brutus ayant condamné à mort quelque malfaiteur, le coupable lui eût parlé ainſi : » Conſul, pourquoi me fais-tu » mourir ? Ai-je fait pis que de trahir » ma patrie? & ne ſuis-je pas auſſi ton » enfant ? Je voudrois bien qu'on prît la peine de me dire ce que Brutus auroit pu répondre.

Brutus, me dira-t'on encore, devoit abdiquer le Conſulat, plutôt que de faire périr ſes enfans. Et moi je dis que tout Magiſtrat qui, dans une circonſtance auſſi périlleuſe, abandonne le ſoin de la patrie & abdique la Magiſtrature, eſt un traître qui mérite la mort.

Il n'y a point de milieu ; il faloit que Brutus fût un infâme, ou que les têtes de Titus & de Tiberinus tombaſſent par ſon ordre ſous la hache des Licteurs. Je ne dis pas pour cela que beaucoup des gens euſſent choiſi comme lui.

Quoiqu'on ne ſe décide pas ouvertement pour les derniers tems de Rome, on laiſſe pourtant aſſez entendre qu'on les préfére aux premiers; & l'on a autant de peine à appercevoir de grands hommes à travers la ſimplicité de ceux-ci, que j'en ai moi-même à appercevoir d'honnêtes gens à travers la pompe des autres. On oppoſe Titus à Fabricius : mais on a omis cette différence, qu'au tems de Pyrrhus tous les Romains étoient des Fabricius, au lieu que ſous le regne de Tite il n'y avoit que lui ſeul d'homme de bien. * J'oublierai, ſi l'on veut, les actions héroïques des premiers Romains &

* Si Titus n'eut été Empereur, nous n'aurions jamais entendu parler de lui; car il eut continué de vivre comme les autres : & il ne devint homme de bien, que quand, ceſſant de recevoir l'exemple de ſon ſiécle, il lui fut permis d'en donner un meilleur. *Privatus atque etiàm ſub patre principe, ne odio quidem, nedum vituperatione publicâ caruit. At illi ea fama pro bono ceſſit, converſaque eſt in maximas laudes.*

les crimes des derniers : mais ce que ne je sçaurois oublier, c'est que la vertu étoit honorée des uns & méprisée des autres; & que quand il y avoit des couronnes pour les vainqueurs des jeux du Cirque, il n'y en avoit plus pour celui qui sauvoit la vie à un Citoyen. Qu'on ne croye pas, au reste, que ceci soit particulier à Rome. Il fut un tems où la République d'Athénes étoit assez riche pour dépenser des sommes immenses à ses spectacles, & pour payer très-cherement les Auteurs, les Comediens, & même les Spectateurs : ce même tems fut celui où il ne se trouva point d'argent pour défendre l'Etat contre les entreprises de Philippe.

On vient enfin aux peuples modernes; & je n'ai garde de suivre les raisonnemens qu'on juge à propos de faire à ce sujet. Je remarquerai seulement que c'est un avantage peu honorable que celui qu'on se procure, non en réfutant les raisons de son adversaire, mais en l'empêchant de les dire.

Je ne suivrai pas non plus toutes les réflexions qu'on prend la peine de faire sur le luxe, sur la politesse, sur l'admirable éducation de nos enfans,* sur les meilleures méthodes pour étendre nos connoissances, sur l'utilité des Sciences & l'agrément des beaux Arts, & sur d'autres points dont plusieurs ne me regardent pas,

* Il ne faut pas demander si les peres & les maîtres seront attentifs à écarter mes dangereux écrits des yeux de leurs enfans & de leurs éleves. En effet, quel affreux désordre, quelle indécence ne seroit-ce point, si ces enfans si bien élevés venoient à dédaigner tant de jolies choses, & à préferer tout de bon la vertu au sçavoir? Ceci me rappelle la réponse d'un précepteur Lacedémonien, à qui l'on demandoit par moquerie ce qu'il enseigneroit à son éleve. *Je lui apprendrai*, dit-il, *à aimer les choses honnêtes.* Si je rencontrois un tel homme parmi nous, je lui dirois à l'oreille, Gardez-vous bien de parler ainsi; car jamais vous n'auriez de disciples; mais dites que vous leur apprendrez à babiller agréablement, & je vous réponds de votre fortune.

dont

dont quelques-uns se réfutent d'eux-mêmes, & dont les autres ont déja été réfutés. Je me contenterai de citer encore quelques morceaux pris au hazard, & qui me paroîtront avoir besoin d'éclaircissement. Il faut bien que je me borne à des paraphrases, dans l'impossibilité de suivre des raisonnemens dont je n'ai pu saisir le fil.

On prétend que les Nations ignorantes qui ont eu *des idées de la gloire & de la vertu, sont des exceptions singulieres qui ne peuvent former aucun préjugé contre les sciences.* Fort bien ; mais toutes les Nations sçavantes, avec leurs belles idées de gloire & de vertu, en ont toujours perdu l'amour & la pratique. Céla est sans exception : passons à la preuve. *Pour nous en convaincre, jettons les yeux sur l'immense continent de l'Afrique, où nul mortel n'est assez hardi pour pénétrer, ou assez heu-*

reux pour l'avoir tenté impunément. Ainsi de ce que nous n'avons pu pénétrer dans le continent de l'Afrique, de ce nous ignorons ce qui s'y passe, on nous fait conclure que les peuples en sont chargés de vices : c'est si nous avions trouvé le moyen d'y porter les nôtres, qu'il faudroit tirer cette conclusion. Si j'étois chef de quelqu'un des peuples de la Nigritie, je déclare que je ferois élever sur la frontière du pays une potence où je ferois pendre sans rémission le premier Européen qui oseroit y pénétrer, & le premier Citoyen qui tenteroit d'en sortir.* *L'Amérique ne nous offre pas des spectacles moins honteux pour l'espèce humaine.* Sur tout depuis que les Européens y

* On me demandera peut-être quel mal peut faire à l'état un Citoyen, qui en sort pour n'y plus rentrer ? Il fait du mal aux autres par le mauvais exemple qu'il donne, il en fait à lui-même par les vices qu'il va chercher. De toutes manières c'est à la loi de le prévenir, & il vaut encore mieux qu'il soit pendu que méchant.

sont. *On comptera cent peuples barbares ou sauvages dans l'ignorance pour un seul vertueux.* Soit; on en comptera du moins un : mais de peuple vertueux & cultivant les sciences, on n'en a jamais vu. *La terre abandonnée sans culture n'est point oisive; elle produit des poisons, elle nourrit des monstres.* Voilà ce qu'elle commence à faire dans les lieux où le goût des Arts frivoles a fait abandonner celui de l'agriculture. *Notre ame*, peut-on dire aussi, *n'est point oisive quand la vertu l'abandonne. Elle produit des fictions, des Romans, des Satyres, des Vers ; elle nourrit des vices.*

Si des Barbares ont fait des conquêtes, c'est qu'ils étoient très-injustes Qu'étions-nous donc, je vous prie, quand nous avons fait cette conquête de l'Amérique qu'on admire si fort? Mais le moyen que des gens qui ont du canon, des cartes marines & des boufsoles, puissent commettre des injustices ! Me dira-t'on que l'événement marque la valeur des Conquérans ? Il marque seulement leur ruse & leur habileté ; il marque qu'un homme adroit & subtil peut tenir de son industrie les succès qu'un brave homme n'attend que de sa valeur. Parlons sans partialité. Qui jugerons-nous le plus courageux, de l'odieux Cortez subjugant le Mexique à force de poudre, de perfidie & de trahisons ; ou de l'infortuné Guatimozin étendu par d'honnêtes Européens sur des charbons ardens pour avoir ses trésors, tançant un de ses Officiers à qui le même traitement arrachoit quelques plaintes, & lui disant fiérement, Et moi, suis-je sur des roses ?

Dire que les sciences sont nées de l'oisiveté, c'est abuser visiblement des termes ; elles naissent du loisir, mais elles garantissent de l'oisiveté. Je n'entens point cette distinction de l'oisivété & du loisir. Mais je sçais très-certainement que nul honnête homme ne peut jamais se vanter d'avoir du loisir, tant qu'il y aura du bien à faire, une Patrie à servir, des malheureux à soulager; & je défie qu'on me montre dans mes principes aucun sens honnête dont ce mot *loisir* puisse être susceptible. *Le Citoyen que ses besoins attache à la charrue, n'est pas plus occupé que le Geomêtre ou l'Anatomiste.* Pas plus que l'enfant qui éleve un château de cartes, mais plus utilement. *Sous prétexte que le pain est nécessaire, faut-il que tout le monde se mette à labourer la terre?* Pourquoi non? Qu'ils paissent même, s'il le faut. J'aime encore mieux voir les hommes brouter l'herbe dans les champs, que s'entredévorer dans les villes: Il est vrai que tels que je les demande, ils ressembleroient beaucoup à des bêtes; & que tels qu'ils sont, ils ressemblent beaucoup à des hommes.

L'état d'ignorance est un état de crainte & de besoin. Tout est danger alors pour notre fragilité. La mort gronde sur nos têtes; elle est cachée dans l'herbe que nous foulons aux pieds. Lorsqu'on craint tout & qu'on a besoin de tout, quelle disposition plus raisonnable que celle de vouloir tout connoître? Il ne faut que considérer les inquiétudes continuelles des Médecins & des Anatomistes sur leur vie & sur leur santé, pour sçavoir si les connoissances servent à nous rassûrer sur nos dangers. Comme elles nous en découvrent toujours beaucoup plus que de moyens de nous en garantir, ce n'est pas une merveille si elles ne font qu'augmenter nos allarmes & nous rendre pusillanimes. Les animaux vivent sur tout cela dans une sécurité profonde, & ne s'en trouvent pas plus mal. Une Génisse n'a pas besoin d'étudier la botanique pour apprendre à trier son foin, & le loup dévore sa proie sans songer à l'indigestion. Pour répondre à cela, osera-t'on prendre le parti de de l'instinct contre la raison? C'est précisément ce que je demande.

Il semble, nous dit-on, qu'on ait trop de laboureurs, & qu'on craigne de manquer de Philosophes. Je demanderai à mon tour, si l'on craint que les professions lucratives ne manquent de sujets pour les exercer? C'est bien mal connoître l'empire de la cupidité. Tout nous jette dès notre enfance dans les conditions utiles. Et quels préjugés n'a-t'on pas à vaincre, quel courage ne faut-il pas, pour oser n'être qu'un Descartes, un Newton, un Locke?

Leibnitz & Newton sont morts comblés de biens & d'honneurs, &

ils en méritoient encore davantage. Dirons-nous que c'est par modération qu'ils ne se sont point élevés jusqu'à la charrue ? Je connois assez l'empire de la cupidité, pour sçavoir que tout nous porte aux professions lucratives ; voilà pourquoi je dis que tout nous éloigne des professions utiles. Un Hebert, un Lafrenaye, un Dulac, un Martin gagnent plus d'argent en un jour, que tous les laboureurs d'une Province ne sçauroient faire en un mois. Je pourrois proposer un problême assez singulier sur le passage qui m'occupe actuellement. Ce seroit, en ôtant les deux premieres lignes & le lisant isolé, de deviner s'il est tiré de mes écrits ou de ceux de mes adversaires.

Les bons livres sont la seule défense des esprits foibles, c'est-à-dire des trois quarts des hommes, contre la contagion de l'exemple. Premierement, les Sçavans ne feront jamais autant de bons livres qu'ils donnent de mauvais exemples. Secondement, il y aura toûjours plus de mauvais livres que de bons. En troisiéme lieu, les meilleurs guides que les honnêtes gens puissent avoir, sont la raison & la conscience : *Paucis est opus litteris ad mentem bonam.* Quant à ceux qui ont l'esprit louche ou la conscience endurcie, la lecture ne peut jamais leur être bonne à rien. Enfin, pour quelque homme que ce soit, il n'y a de livres nécessaires que ceux de la Religion, les seuls que je n'ai jamais condamnés.

On prétend nous faire regretter l'éducation des Perses. Remarquez que c'est Platon qui prétend cela. J'avois crû me faire une sauvegarde de l'autorité de ce Philosophe : mais je vois que rien ne me peut garantir de l'animosité de mes adversaires : *Tros Rutulusve fuat* ; ils aiment mieux se percer l'un l'autre, que de me donner le moindre quartier, & se font plus de mal qu'à moi. * *Cette éducation étoit, dit-on, fondée sur des principes barbares ; parce qu'on donnoit un maître pour l'exercice de chaque vertu, quoique la vertu soit indivisible ; parce qu'il s'agit de l'inspirer, & non de l'enseigner ; d'en faire aimer la pratique, & non d'en démontrer la Théorie.* Que de choses n'aurois-je point à répondre ? mais il ne faut pas faire au Lecteur l'injure de lui tout dire. Je me contenterai de ces deux re-

* Il me passe par la tête un nouveau projet de défense, & je ne réponds pas que je n'aie encore la foiblesse de l'exécuter quelque jour. Cette défense ne sera composée que de raisons tirées des Philosophes ; d'où il s'ensuivra qu'ils ont tous été des bavards comme je le pretends, si l'on trouve leurs raisons mauvaises ; ou que j'ai cause gagnée, si on les trouve bonnes.

marques. La premiére, que celui qui veut élever un enfant, ne commence pas par lui dire qu'il faut pratiquer la vertu ; car il n'en seroit pas entendu : mais il lui enseigne premiérement à être vrai, & puis à être tempérant, & puis courageux, &c. & enfin il lui apprend que la collection des toutes ces choses s'appelle vertu. La seconde, que c'est nous qui nous contentons de démontrer la Théorie ; mais les Perses enseignoient la pratique. Voyez mon discours, page 52.

Tous les reproches qu'on fait à la Philosophie attaquent l'esprit humain. J'en conviens. *Ou plutôt l'auteur de la nature, qui nous a faits tels que nous sommes.* S'il nous a faits Philosophes, à quoi bon nous donner tant de peine pour le devenir ? *Les Philosophes étoient des hommes ; ils se sont trom-*

pés ; doit-on s'en étonner ? C'est quand ils ne se tromperont plus qu'il faudra s'en étonner. *Plaignons-les, profitons de leurs fautes, & corrigeons-nous.* Oui, corrigeons-nous, & ne philosophons plus.... *Mille routes conduisent à l'erreur, une seule méne à la vérité?* Voilà précisément ce que je disois. *Faut-il être surpris qu'on se soit mépris si souvent sur celle-ci, & qu'elle ait été découverte si tard?* Ah! nous l'avons donc trouvée à la fin!

On nous oppose un jugement de Socrate, qui porta, non sur les Sçavans, mais sur les Sophistes, non sur les sciences, mais sur l'abus qu'on en peut faire. Que peut demander de plus celui qui soutient que toutes nos sciences ne sont qu'abus & tous nos Sçavans que de vrais Sophistes? *Socrate étoit chef d'une secte qui enseignoit à douter.* Je rabbatrois bien de ma vénération pour Socrate, si je croyois qu'il eût eu la sotte vanité de vouloir être chef de secte. *Et il censuroit avec justice l'orgueil de ceux qui prétendoient tout sçavoir.* C'est-à-dire l'orgueil de tous les Sçavans. *La vraie science est bien éloignée de cette affectation.* Il est vrai : Mais c'est de la nôtre que je parle. *Socrate est ici témoin contre lui-même.* Ceci me paroît difficile à entendre. *Le plus sçavant des Grecs ne rougissoit point de son ignorance.* Le plus sçavant des Grecs ne sçavoit rien, de son propre aveu; tirez la conclusion pour les autres. *Les sciences n'ont donc pas leurs sources dans nos vices.* Nos sciences ont donc leurs sources dans nos vices. *Elles ne sont donc pas toutes nées de l'orgueil humain.* J'ai déja dit mon sentiment là-dessus. *Déclamation vaine, qui ne peut faire illusion qu'à des esprits prevenus.* Je ne sçais point répondre à cela.

En parlant des bornes du luxe, on prétend qu'il ne faut pas raisonner sur cette matiére du passé au présent. *Lorsque les hommes marchoient tout nuds, celui qui s'avisa le premier de porter des sabots, passa pour un voluptueux; de siécle en siécle, on n'a cessé de crier à la corruption, sans comprendre ce qu'on vouloit dire.*

Il est vrai que jusqu'à ce tems, le luxe, quoique souvent en regne, avoit du moins été regardé dans tous les âges comme la source funeste d'une infinité de maux. Il étoit réservé à M. Melon de publier le premier cette doctrine empoisonnée, dont la nouveauté lui a acquis plus de sectateurs que la solidité de ses raisons. Je ne crains point de combattre seul dans mon siécle ces maximes odieuses qui ne tendent qu'à détruire & avilir la vertu, & à faire des riches & des misérables, c'est-à-dire toujours des méchans.

On croit m'embarrasser beaucoup en me demandant à quel point il faut borner le luxe? Mon sentiment est qu'il n'en faut point du tout. Tout est source de mal au-delà du nécessaire physique. La nature ne nous donne que trop de besoins; & c'est au moins une très-haute imprudence de les multiplier sans nécessité, & de mettre ainsi son ame dans une plus grande dépendance. Ce n'est pas sans raison que Socrate, regardant l'étalage d'une boutique, se félicitoit de n'avoir à faire de rien de tout cela. Il y a cent à parier contre un, que le premier qui porta des sabots étoit un homme punissable, à moins qu'il n'eût mal aux pieds. Quant à nous,

nous sommes trop obligés d'avoir des souliers, pour n'être pas dispensés d'avoir de la vertu.

J'ai déja dit ailleurs que je ne proposois point de bouleverser la société actuelle, de brûler les Bibliothéques & tous les livres, de détruire les Colléges & les Académies : & je dois ajoûter ici que je ne propose point non plus de réduire les hommes à se contenter du simple nécessaire. Je sens bien, qu'il ne faut pas former le chimérique projet d'en faire d'honnêtes gens : mais je me suis crû obligé de dire sans déguisement la vérité qu'on m'a demandée. J'ai vû le mal & tâché d'en trouver les causes : D'autres plus hardis ou plus insensés pourront chercher le reméde.

Je me lasse & je pose la plume pour ne la plus reprendre dans cette trop longue dispute. J'apprends qu'un très grand nombre d'Auteurs * se sont exercés à me refuter. Je suis très fâché de ne pouvoir répondre à tous; mais je crois avoir montré, par ceux que jai choisis † pour cela, que ce n'est pas la crainte qui me retient à l'égard des autres.

J'ai tâché d'élever un monument qui ne dût point à l'Art sa force & sa solidité : la vérité seule, à qui je l'ai

* Il n'y a pas jusqu'à de petites feuilles critiques faites pour l'amusement des jeunes gens, où l'on ne m'ait fait l'honneur de se souvenir de moi Je ne les ai point lues & ne les lirai point très-assurément; mais rien ne m'empêche d'en faire le cas qu'elles méritent, & je ne doute point que tout cela ne soit fort plaisant.

† On m'assure que M. Gautier m'a fait l'honneur de me répliquer, quoique je ne lui eusse point répondu & que j'eusse même exposé mes raisons pour n'en rien faire. Apparemment que M. Gautier ne trouve pas ces raisons bonnes puisqu'il prend la peine de les réfuter. Je vois bien qu'il faut céder à M. Gautier ; & je conviens de très-bon cœur du tort que j'ai eu de ne lui pas répondre ; ainsi nous voilà d'accord. Mon regret est de ne pouvoir réparer ma faute. Car par malheur il n'est plus tems, & personne ne sçauroit de quoi je veux parler.

consacré, a droit de le rendre inébranlable : Et si je repousse encore une fois les coups qu'on lui porte, c'est plus pour m'honorer moi-même en la défendant, que pour lui prêter un secours dont elle n'a pas besoin.

Qu'il me soit permis de protester en finissant, que le seul amour de l'humanité & de la vertu m'a fait rompre le silence; & que l'amertume de mes invectives contre les vices dont je suis le témoin, ne naît que de la douleur qu'ils m'inspirent, & du desir ardent que j'aurois de voir les hommes plus heureux, & sur-tout plus dignes de l'être.

FIN.

www.ingramcontent.com/pod-product-compliance
Ingram Content Group UK Ltd.
Pitfield, Milton Keynes, MK11 3LW, UK
UKHW012043240726
13965UKWH00003B/1006